神の門

山﨑拓巳

きずな出版

目次

装画　山﨑拓巳

装幀　福田和雄（FUKUDA DESIGN）

神の門

第１章

運命の輪

1

〝パブロ・ピカソの画集を観るとモヨオスんだよな〟と田宮洋介はスケッチブックを開き、速い線を一本引いて、ニヤリとした。

それは秋の始まりとも、夏の終わりとも言える季節。なんで物悲しく感じるんだろうと、胸の内を探ってはそれを絵の下地にしようと、二本目のグニュグニュした線を描くのだった。

「おーい、師奈！　し〜な！」

「コーヒー、淹れたら帰るね」

と、10分前にコーヒーポットを置いて出ていったことを忘れ、高山師奈に声をかける洋介は、描き始めるとまったく自分の世界に入り込んでしまう。師奈は21歳で洋介のモデル兼アシスタント。女子大に通う清潔感漂う学生だ。

洋介の癖である「チェッ」と小さく舌打ちすると、ポットから濃い液体をカップへ移す。日記のように絵を描き続けたピカソ。作品と経歴を重ね合わせると、彼の人生がそこに立体化されるように、田宮洋介の人生もバレバレだ。30代、洋介の最初の年の夏が終わった。

スケッチブックをパラパラと見返す。手足が長く、スラリとした師奈の姿が描かれている。肢体（したい）はスラリとしているが、女性としての丸く美しい線が共存している。彼女だけが身に纏（まと）う独特の空気感だ。これは奇跡のコラボレーションと呼んでもいいのではないか？

師奈の魅力を一番理解しているのは、洋介なのかも知れない。

いとも美しく、露（あら）わに洋介はそれを作品として描き上げている。師奈の目の奥がこっそり伝える心の動きをも、洋介は見逃さない。確実に絵として表現する。それが恥ずかしいと、師奈は洋介の作品を見ようとしない。アトリエに散在する作品群を、風景の一部として見ることはあっても。

洋介は鉛筆を咥（くわ）える。ガリリと前歯で軽く噛む。鉛筆の匂いが口内から鼻へ抜ける。目を瞑（つむ）って師奈を思い出す。ふっと髪の香りがした。師奈の髪だ。

脳のテッペンが、頭蓋骨の内側がこそばゆい。白目がちにし、そのこそばゆさを広げる。すると忽（たちま）ち、インスピレーションが降りてくる。洋介の沢山ある技のひとつだ。

師奈の鎖骨を描いた。

首元の内から外へ、鎖骨が肩となり上腕の曲線に師奈の肌質を描いた。腕の内側は胸上の肉の盛り上がりと重なり、その膨らみは本格的な胸となる。

師奈は「小さな胸」と言うが、洋介は「男が思う美しいと、女が思う美しいは違う」といつも思う。師奈のそれは美しい。

鉛筆は容赦なく胸の曲線を伝い、終わりを告げると丸みを帯びた腹肉になり、腰骨が新しい表情を放つ。海老反った師奈の腰骨は洋介の脳を刺激する。脚は闇に吸い込まれるように消え、絵の中の師奈は野獣に支配され、またすべてを許している。

ピカソがやったように野獣は洋介、自分自身だ。ピカソの作品から野獣が消えた時、ピカソの性の力も消えた。その後、遠くから眺める年老いた絵描きとして、ピカソは自分を描いた。主体者から、観察者へ移行したのだ。

今、洋介は突き上げる感情を思う存分、野獣に託し、心から貪(むさぼ)り、そして描いている。

師奈は折れそうなほど野獣に抱かれ、しかし、顔には苦悩はなく、薄らと喜びが浮かぶ。長く細い指は獣の胸の毛を毟(むし)り、爪は地肌に届いている。

絵を観る者の深層意識は、指の関節の曲がり具合でそれを知る。観る者に気づかれず、洋介はこっそりと確実にそれを伝える。

何十分、没頭したのかわからない。スケッチブックと、描き続けた洋介の手の平は真っ黒だ。手の平の小指の外側下部分は黒光りしているほどだ。

闇に浮かぶ白い肌と、それを抱き上げる猛獣の絵が出来上がった。恐怖と、淫靡さを放つ師奈が暗闇の中、凛と白く光っている。

「描けた」

と、独り言。マグカップを持って、洋介はアトリエ奥のストックルームへ歩いた。生成りのヘンリーネックのカットソーにカーキー色のコットンシャツを重ね、黒いシンプルなチェーン。

何回目かのデートの時に（通常はアトリエで絵を描いていることが常だが）、師奈がくれたものだ。

「え!?　なんで？」

と、問うと、師奈はいつになく早口で、

「お守りです」

と、言った。

それ以降、洋介の首元に存在している。

少しホコリっぽい部屋の棚から、古い作品を引っ張り出す。闇の中に咲く黒い花を描いたものだ。紙イッパイに広がった闇の中で艶のある黒い花弁が光っている。額の背のフックを外し、絵を取り出した。額装して見ていた時よりも、黒い花の絵の紙は薄く、心許(こころもと)ない。

その代わりにさっき描いた闇の中の師奈をはめ込む。少し工夫するとすぐに美しく収まった。彼はしばらく眺めた。コーヒーをグイッと飲み干して、アトリエに戻る。

師奈と出会い、洋介は生活のバランスを手放した。

常に判断し、吟味(ぎんみ)し、神妙に自分の世界を守ってきた洋介の規律が消えた。視界に師奈が現れると脳がお喋りを止め、心が俄(にわ)かに混乱する。そしてその混乱が快楽に変容する。

今までもっとも恐怖を感じていたそれらを楽しんでいる。そんな自分を洋介は恐れた。

そしてそれとは逆に、ドンドンとそんな師奈に心を奪われていく。師奈は日に日に存在感を増す。洋介の心の真ん中にそそり立ち、心の襞を素手で揺さぶる。揺さぶられる度に滲(にじ)み出る心の体液を、洋介はすかさず絵に変えた。

きめ細かい吸力を持つ彼女の肌は、洋介の心の平たいところにピタッと寄り添い、ボコボコした部分を眺め、微笑む。

自ら恥部を晒(さら)し、自らの恥部を一緒になって笑える存在と出会ってしまった。違和感を楽しみ、非日常だったこんな日々が、日常と変わっていく。

洋介の生活は、インターネットを使って、どうブランディングし、どうモノを売るのかという仕事で支えられている。

初めは美しいサイトを作るクリエイターとして有名になり、稼いでいたが、そのうち、要領がわかり始めると、サクサクと何でもこなした。

クライアントの要望を聞き、それを具現すべくアイディアを出し、他と違った「何か」を加えると、例を見ない結果となった。何を加えているのかと誰にも聞かれるが、それが言葉にはならなかった。そして、なぜ、他の人にそれがわからないかが、わからなかった。

まさに言葉の通り「朝飯前」なのだ。

朝起きるとその仕事に没頭し、残りの時間を悠々(ゆうゆう)と絵を描く活動に当てている。

洋介の生活は乱れてはいなかった。が、他の人のそれとは違った。夜は早い時間に眠り、まだ深夜のうちに起きる。

酒は〝リアルが好きだ〟という理由で少し嗜(たしな)む程度。とにかく早く眠る。必然的に付き合いが悪くなる。

深夜に目を覚まし、クライアントから頼まれた仕事をいくつか終えると、朝になる前に二度寝をする。

トロトロと眠りと現実の間を行き来するのも、ガッツリと早く眠り、サクッと深夜に起きて仕事をするのも楽しんでいる。

また目を覚ますと、仕事をし、それがひと段落すると、再び三度眠りをする。寝起きのフレッシュな時間を二回、三回と演出し、何度も午前中を創り出す。

お金はいくらでも稼げる。

洋介はそう思っていた。インターネットのコンサル業務はどうも天職だ。

それを終えると絵を描き、快適な空間を維持する……。美味しいものを食べ、行きたい場所に卑（いや）しくない程度に行く。

それ以上は稼がない。洋介はお金の乱獲を嫌っている。それよりも「快」を感じる時間で、毎日を埋め尽くしたいと思っているのだ。

朝飯前の「食べるための仕事」（FOOD（フード）　WORK（ワーク）と呼んでいるが）を終えると、朝食の時間が始まる。

目玉焼き（正確にはオーバーイージーを好んでいる）を焼いて、トースト、小さなサラダ、そしてコーヒー。最後にオレンジジュース。これは近くの店で絞ったものを買ってくるのだが、それでサプリメントを流し込んだ。

食べ終えると、大きめの容器に水で溶いたプロテインをちびちびと飲みながら、アトリエに移動。画家としての時間が始まるのだ。洋介はその時間をＬＩＦＥ　ＷＯＲＫ（ライフワーク）と呼んでいる。

雑誌をペラペラめくり、心が動き始めるのを待つ。時にはインターネットで適当な言葉を宛てがい、検索し、脳に刺激剤を与える。今日などは「アート　裸婦　パリ」と入れて検索した。

ボナールの「入浴する裸婦」を眺め、藤田嗣治（ふじたつぐはる）の「寝室の裸婦キキ」を模写し、セザンヌの「横たわる裸婦」でエンジンがかかった。

もう止まらない。数時間は止まらない。何度絞っても水が溢れ出す雑巾のように、止まらない。気がつくと（正気に戻ると）昼過ぎだったりする。

脳は覚醒し、時間の概念を消し、創作に没頭しているが、胃の腑が洋介を現実に引き戻した。

空腹が時間の経過を洋介に告げるのだ。

〝もう1時前か……〟時計を見て、洋介も驚く。「昼飯にするか」と独り言を呟く。

冷蔵庫から先日、スーパーで買った干物を取り出し、焼き始めた。ゴハンは昨日の炊き残しがある。魚の匂いで全身の生理現象が目を覚まし、食べたがった。

創作活動は知らない間に、エネルギーを膨大に消費しているのだった。

ピンポンと鳴った。

師奈が来たのだ。

「美味しそうな匂いですね」

と、言いながら、スーパーで買った食材を冷蔵庫に入れた。

師奈は来る時に何か「これがあったらいいんじゃないですか?」という品物や食べ物を買ってきてくれる。いつの間にかそんな習慣が定着し、そのお陰で洋介の生活の幅が広がっている。すでに師奈は生活の一部となっていた。

特に食事だ。好きな味が似ている。というか、同じだ。

「そんなの若い娘、食べないでしょ?」

と思われるものを師奈は気に入った。もちろん、知らないものも多いが、それらを喜ぶ師奈を洋介は楽しんだ。

「ヘシコ。鱧。チャンジャ。海鼠腸。蝦夷山ワサビ。味噌漬け各種……」

そんなことが重なる度に、師奈の食べ物選びの精度は増す。

「ここに置きますね」と、近所のスーパーのエコバッグとレシートを置く。それを支払うと、洋介は昼飯に専念し、師奈は部屋の掃除をやってくれる。

師奈が来るようになって「生活音」が、人の心を癒やしてくれるのだと気づいた。これは洋介にとって、大きな発見だった。

窓を開け、魚の匂いを終わりかけた夏の空に追いやり、洋介は筆を取った。

彼は、少しうつむいた伏し目がちの師奈を描きたいと思った。絵のコンセプトを伝えたのだが、師奈は飲み込みが早い。聞いた端からその世界観に入り込んでいく。

催眠術師が催眠術をかけ始める端から、師奈はその世界に沈み込んだ。目の表情が変わり、体の動かし方が変わる。

艶かしいほどに他人になっていく様も、ゾクッとする魅力のひとつだ。彼女は他人の霊が乗り移る、憑依体質なのかも知れないと、洋介は何度も思った。

伏し目になりながらも、タイミングを盗んでは洋介を見る師奈の視線に、ドキッとさせられる。

幸せな気持ちが溢れる。それが怖かった。意味のない恐怖はさらに怖い。ダメだ、ダメだと心の奥が囁いている。

師奈の髪がほどけて頬にかかった。

「そのままで」

と、洋介は言う。その少しハスキーな声の余韻だけが、洋介と師奈の間に残る。

Tシャツの首元から胸が透けて見え、時が止まっていた。白く温い丘陵が柔らかく伸びている。師奈は不思議な質の肌を持ち合わせていた。肌理が細かいという表現だけでは言い表せない不思議がある。

それは母譲りだと師奈は言う。吸い寄せるような透き通った魅力がある。

師奈をモデルに描き始めて、その要素が洋介の絵に加わった。

田宮洋介の作品は「レオナール・フジタの乳白色の肌」を彷彿とさせると、世に言われ始めたのもそれが理由だ。

しかし、洋介は世の評判を拒み、世間を避けている。嘘で作られた虚像に踊らされることを極端に嫌った。

変わり者と呼ばれることを好み、閉ざされたアトリエという空間から外の世界をあざけり笑った。欲や見栄の掟に縛られ、翻弄(ほんろう)される浮世の人々を描くのも、洋介のテーマのひとつだった。

〝人間は本業を忘れている〟と洋介の冷ややかな目を通して観る世界は、驚きと風刺に溢れていた。

髪がかかった頬、そして唇を描く。

カメラのシャッター音で高揚する写真モデルと同じく、画紙が擦られて出るブラシの音に、師奈は高揚している。頬は薄ピンクに染まり、耳たぶも火照(ほて)っていた。

師奈は自分の唇に、洋介の視線を感じていた。

目以外で人間が物を捉え感知する、何かの機能の存在を師奈は認識していた。一瞬、ペロリと舌が唇を舐めた。

光を得た唇が瞬時に乾き、光を手放した。

「あ、そろそろ時間ですね」

と、うつむいたまま師奈が言う。その瞬間に魔法が消えた。

「あ、そうだね」

と、素の洋介に戻った。

師奈から言い出さなかったら、何時間でもこのまま続くことを知っている。師奈は洋介の現実と妄想の間の扉だった。

今は師奈がいるから向こうの世界に入っていけて、こっちの世界に帰ってこられる。早くから絵の才能で周りを驚かせ、神童と呼ばれ持て囃されてきた洋介だった。少年ピカソなどと、マスコミからもいくつか特集を組まれたこともあった。

幼い時から大人と接するうちに、洋介の心に大人の手垢がつき始めた。

洋介は、少年ながらもその危うさに気がつき、心の真ん中の純粋な部分を守り抜いてきた。

これが汚されたらもう絵は描けないことを、賢明にも洋介少年は知っていた。

コンクールや、コンペティションにも度々出たが、そこに蠢く大人の事情を知るようになった。

「理事長のお孫さんが今年は受賞するので、来年こそは洋介君の番だよ」

と聞いて、一番太い線が切れた。

「もう、誰かのためには、絵は描かない」

と心に決めた。社会が灰色に見えた。

一瞬、カラフルなアレコレも、その奥の意図を探るとモノトーンでできている。黒と白。

そして、多くの部分は、グレーのグラデーションでできているのだった。

欲が創り出した虚像は人々を狂わせる巧妙な構造を成し、人の腸（はらわた）を弄（まさぐ）り、踊らせる。

上の者は下の者を作り、下の者は上の者を作る。ある時はへつらい、ある時は罵（ののし）り、ある時はお強請（ねだ）りする。

一旦巻き込まれると、それなしでは生きられないと感じさせる確固たる軸があり、操る者の醜い意図が、恐怖となって心に蔓延（はびこ）る。

洋介は吐き気がした。

わざと斜に構えて振る舞った。いや、真っすぐ振る舞った。斜めなのは世の中だ。

グレーのグラデーションの海を、器用に泳ぐ猛者も知っている。洋介はそんな奴らを嫌ってはいなかった。しかし、自分にはそれはできない。

在り方に関わる頑固さが、若い時分から、洋介を化け物として位置付けた。器用に泳ぐ猛者達は洋介に「いいんだよ。奴らの求めるように踊ってあげたら」と言う。

すると洋介は顔を歪め、猛者達が聞きたくない小言をいくつか言って、その場を去った。

今は誰も洋介に、上手に泳ぎ渡ることを勧める者はいない。

そういう意味で生活を支えているコンサル業務では、洋介は器用に泳いだ。何をどうすると人の心が動き、集客し、モノを売り、お客を喜ばせることができるか？　を嬉々としてやった。

ある時は憎らしいほど人の心を鷲掴みにし、オモシロイように儲けさせた。競合とガチで向かい合うコンペなどでは、相手が立ち上がれないほど叩き潰し、自分の魅力をクライアントの懐に染み込ませた。

だから、敵も多かった。相手も敬意を持って洋介を嫌った。グレーの海をハナッから嫌う洋介は、グレーの海を誰よりも知っていた。そのアンチテーゼとして、誰よりも上手くやった。だから、乱獲はしない。

そんな洋介の皮肉イッパイの（洋介はただ真っすぐ生きているだけだが）性格を気に入る者は多くても、友達はいなかった。敢えて、友達などという得体の知れない人間関係を楽しもうとはしていないのだ。

洋介流人間関係の構築法があるなら、〝続かない関係は続けない〟だ。絵は見せようとも売ろうともしなかった。だからギャラリスト達は逆に観たがったが、その辺りも飄々（ひょうひょう）と弄（もてあそ）んだ。

〝ざまあみろ〟と言っているようだった。

そんな洋介の生活のスタイルはヘンリー・ダーガーを思わせた。誰かに見せるために描いた絵ではなく、生活の一部として創られていく作品に囲まれ、生きている。

ヘンリー・ダーガーはアメリカの掃除夫で、半世紀以上、誰の目に留まることなく作品を描き続けた。ダーガーという名前や、正確な名前の発音さえ確定されず、ひっそり生きた彼の死後、発見された膨大な数の挿絵と、1万5000ページ以上のテキストに誰もが驚愕(きょうがく)した。

そんな最中に師奈という真っ白な存在が現れたのだ。初めは面食らい、その後徐々に洋介は心を開いていった。

師奈と一緒にいることによって、大人の手垢がつく前の洋介を取り戻していった。そう簡単にいくものではないが、確実にそれを洋介自身が感じていた。

描きたくなくて、描いているのではない。描きたくて、描いている。

確実に今は、描きたくて描いている。洋介の心の中にあった、洋介自身も知らないスペースを発見したのだ。

師奈の高校時代の思い出に……こんなのがあった。

師奈の母は師奈にこう言ったのだ。

「友達は大切だよ。大切だ。だけど、自分のことは小さく伝えなさい。友達には、小さく」

師奈は、洋介との時間を誰にも言えなかった。本当は〝今日、こんなことがあって、そしてね、それから……〟と誰かに語りたい。

でも、「自分のことを小さく」伝えるには、話さないのがいいような気がした。特に、友達には。


師奈にとって洋介と過ごす時間は異次元、異空間だ。

師奈は、もともと自己開示ができているタイプだと、自分でも思っていた。思ったこと、感じたことを、ブログやSNSに綴(つづ)っては、大勢の読者を獲得していた。

しかし、洋介と過ごす時間、洋介に描かれる時間は、洋介に眺められている時間だ。

その洋介の目を通して見られる自分を初めて見た時から、師奈は自分も知らないスペースの存在に気づいたのだ。

それをこじ開けられたような気がした。心の恥部に火がついた。

恥ずかしいが見られたい。見られたくないと思っている自分を見せたい。

洋介はそんな師奈の耳元で話し始めた。

昔話のような、寓話（ぐうわ）のような、不思議な「お話」を始めた。

師奈は洋介の語る世界に浸っていく。目を瞑り、師奈は浸っていく。話しながら洋介の指は師奈の生肌を伝う。時折、ドキュンと師奈の背に電気が走る。走った電気は脳のテッペンに届く。そして、陰部を豊かに濡らした。

洋介の低い声は師奈のウナジに響いた。

物語についていくことができなくなると師奈は目を少し開け、光を少し取り入れる。海岸のピエロが踊り出す行（くだり）になると、洋介の指は濡れた温かい海を泳ぎながら、師奈の肉の襞で踊り出した。

　くねる師奈に気を留めることなく、洋介は話を続ける。数人の海辺のピエロは色とりどりの衣装を脱ぎ始め、ビーチで太陽の下、乱れ始めた。同じく師奈の服も、下着も剥ぎ落とされる。露わな白い肌が洋介の本能に火をつける。

固くなった肉を師奈の太股に擦りつけると、さらに肉は赤みを増した。白く細い師奈の指が、固い肉に絡みついた。蔦のように茂りながら快楽の遊戯を始めた。

自分じゃなくなる師奈を繋ぎ止めるために、物語は語り続けられる。ピエロの舌はもう一人のピエロの背を這っている。

師奈に洋介が覆い被さった。固い肉を欲しいかと聞いた。何も言わない師奈にもう一度、聞いた。

師奈は声にならない返答をするが、洋介はさらにもう一度、聞いた。

師奈は「欲しい」と言った。

固い肉を襞に擦りつける。滑りを上手に使い分け、肉の中に入ることなく泳ぎ続けた。

師奈は声にならない息をし、息に曖昧な言葉を忍ばせ、もう一度「欲しい」と言った。

動きがゆっくりになり肉のサキッポは襞を分け、師奈の体の中に入っては出、出ては入り始める。

ピエロの物語は最後まで語られることなく終えた。尻にまわした洋介の指が師奈の肉を優しく鷲掴みにして、確実に奥まった場所を刺した。もうすでに師奈は、真っ白な時間に辿り着いていた。

絵を描き終えると、師奈が筆を洗う音だけがアトリエに響く。描く洋介、描かれる師奈、二人の関係は絶妙な美しい世界を創り出す。すでにインセンスの香りは、残り香のレベルを下まわった。絵を描く時間が終わると、なぜかいつもこの時間帯は気まずい。すべてをさらけ出した自分と、日常の自分との赤面するほどのギャップに師奈は小さく狼狽し、洋介の視界から消えたくなる。


洋介が「コーヒー、いい?」と言う。

師奈が「コーヒーは?」と同時に、言う。

はにかんで師奈がキッチンに行った。

洋介は二人の時間が終わったばかりだというのに、絵に筆を加える。そして、際の線にグレーを滲ませた。自画自賛。美しいと思った。確実に思った。

師奈の魅力は「間」と「何か」だ。その「何か」が何なのか、探し始めると惹き込まれる。

妖しくないところが妖しい。その妖しさが美しいのだ。

その「何か」は、洋介の絵と「共通項」なのだ。しかし、それが「言葉にできない」から、人を魅惑する。知ってはいても、直面すると面食らう。

目の前にある事実を、脳は記憶と照らし合わせ、合致するものを探し当てる。探し当てることで認識され、思考は完結する。

しかし、目の前にある事実が「物」ならよいが「概念」の場合は手こずる。

「概念」は「定義付け」されて初めて体験することができる。絵という物体が概念を伝えてくるなら、その存在を物として認識はできるが、定義付けが記憶内にないなら見る者はただただ、混乱するだけなのだ。

そして、見る者は混乱する自分にも混乱する。

感じている。感じてしまっているのに、それを言語化できない。

「逆もまた真なり」としたいがそうはならない。しかし、感じてしまっている。

感じるということは、すでに心にある何かが反応しているということ。なのにその何かを自分の中から拾い出せない。

それが洋介の絵の魅力だ。

それに師奈が覆い被さると、さらに人の心を掻き混ぜる。「アウトサイダーアートに初めて出会う時の心の揺れが、永遠に続く感じだ」と以前、雑誌で評されたことがあった。

描いている洋介の背中に手を当て、「そろそろ帰るね」と言い残し、師奈は部屋を出た。

筆を足している洋介は生返事だけし、さらに最後の命を吹き込んでいた。

人形が長く愛され、命を宿してしまうが如く、この最後の作業が作品の生命線なのだ。筆を加えるが筆数を少なくする。限りなく少なく。

「できた」

洋介はふーっと息を吐き出した。

「おーい、師奈！　し〜な！」

と誰もいないリビングに声だけが響いた。

2

その頃、師奈は代官山の蔦屋書店にいた。カフェで読みたい本を机の上に重ね、コーヒーを飲んでいた。男前なサイズのコーヒーを何気にたいらげると、二杯目のコーヒーを手に入れた。読書時間は続く。至福の時だ。携帯電話が鳴るまでは……。

「チェッ」

これは洋介からうつった癖だ。

「なぁに、お兄様ぁ〜」

わざと戯けてみる。

「師奈は何しているんだ?」

「読書時間よぉ」

「迎えに行こうか?」

「終わりのない感じで時間を過ごしたいから、大丈夫!」

「そうか。気をつけて帰ってきなさい」

兄は高山英人。35歳。師奈の年の離れた兄だ。21歳の可愛い妹をいつも心配するのが仕事のようだ。

「迎えにきてくれる?」

なんてお強請りしようものなら有頂天で(笑顔を浮かべることはないが)ご自慢のポルシェでやって来る。どんな時も胸にはポケットチーフだ。

一流大学を出て、商社に入り、海外で活躍し、金融の才能が炸裂し財も成し、29歳で独立。仕事はしているようだが、師奈には何もわからない。今は文化活動を中心に、妹の師奈から言えば「お金持ちのプータロー」的な毎日を正しく生きている。悠々自適なのである。

その意識の多分で妹を心配している。まあ、洋介とは真逆の人生なのだが、仕方がない。じきに師奈は読書の時間に没頭した。今は旅行先のフランス、パリの情報収集が大事だ。クリスマスマーケットを楽しもうと、友達の藤田リン子と企画しているのだ。

リン子は優秀なモデル。まだ日本という枠を飛び出してはいないが、夢は大きい。シャンゼリゼの大きなクリスマスマーケットもいいが、街に散在する小さなマーケットも、今回はターゲットに入っている。週末はクリニャンクールへ出かけ、蚤の市探索。日本に帰ってきたら、立ち上げたショッピングサイトで販売だ。これで旅費の何割かを回収するっていう手もある。

「サンジェルマンデプレの、安くて可愛いキッチン雑貨」と、メモをｉＰｈｏｎｅに書き取った。

店名と住所を写メってＥＶＥＲＮＯＴＥに貼った。

師奈の得意はデジタルハック。生活を楽しく快適にする「小技」を多用する。ｆａｃｅ

ｂｏｏｋ、インスタグラムを中心に、ＳＮＳで自分をブランディング。凄いフォロワー数を誇る女子大生なのだ。

兄の英人が心配するひとつの要素にもなっている。

ＥＶＥＲＮＯＴＥはリン子と共有されている。リン子が面白い記事をそこに残していた。

「謎の収集家、パリの歴史マニアも驚愕」という見出しだ。これ、洋介が見たら飛び上がって興味を持つだろうと、コピペしてメールで洋介に送った。

何を収集していたかを詳しく読んで、師奈も驚愕した。残酷な処刑に使われた器具や、女性を管理するための貞操帯（ていそうたい）や、拷問グッズなのだ。写真が何枚か出ていたが、美し過ぎたり愛らし過ぎたりして、残虐と思えないのが残虐だ。

人はなぜ、そこまで残虐になれるのか？　そんなことを考えていたら、兄からまた電話だ。

「鎗ヶ崎の交差点にいるが、拾おうか？」

「なんで、ここがわかるの？」

「わかるさ」

軽いストーカーだ、と師奈は兄、英人を思うことがある。しかし、この手の人間はうざがると、さらにうざく接してくるのもわかっている。

「お兄様、優し過ぎるー」

「行こうか」

「まだ、いいの。いいの。今日はゆっくり帰ります」

「わかった。家で待っているね」

「ありがと〜」

ふーっと息を吐き出すと、テーブルの上の本を片付け始めた。なにやら脳が錯乱している。これじゃ情報収集もノリが出ない。

軽くなにかお腹に入れて、次の展開を考えるか？　と思ったところにメールが届いた。

「面白そーじゃん」

と、添付ファイル。しばらくすると画像が開いた。暗闇に全裸で野獣に抱えられた自分の姿だ。

「恥ずかしいけど、私もこの絵大好きです」

と、師奈は洋介に返信した。

洋介の才能は凄い。洋介の絵は群を抜いている。「上手い！」というのとは違う。心に届くのだ。ある時は心に刺さったり、引き裂いたり、優しく触れたり、温かくしてくれたり……。

裸の自分は恥ずかしいけど、この作品は凄い。きっと、洋介もそう思った時しか額装しないのだ。

作品に描かれた洋介の世界とそれを締めくくるサイン。この洋介のサインを師奈は気に入っている。大きく「Y」と描かれた横に、小さく「o」と添えられる。そして年号……。以上だ。「ヨ」なのだ。

「Yoだけだったら田宮洋介ってわかんないじゃん」と以前、言ったことがあるが、ただニヤリとするだけで答えてくれなかった。でも、日に日に、師奈もこの「Yo」を気に入っているのだ。

EVERNOTEのプライベートのノートに、先ほどの闇の中の自分を貼り付ける。

ここには洋介の作品以外にも、秘密の写真や思い出のあれこれが貼られている。

洋介と二人で撮った写真、洋介のお昼寝姿、恥ずかしい二人の写真、洋介の裸……。誰にも見せない師奈の特別な場所でもあった。

師奈の夢は、中目黒かどこかで雑貨のお店をやることだった。

いろんなアーティスト達の作品を集めるスペースが持ちたかった。モノを見極めるセンスは中学生ぐらいから現れ始めた。クラブ活動の先輩の影響が大きく、当時は事件に等しかった。

「なんで、この先輩が持っているもの、身に付けているものがキラキラと生きてるの？」と思った。観察すればするほど細部に亘ってエネルギーが行き渡っている。知らず識らず同調し、のめり込み、何も手につかない3ヶ月があった。ところがその物語は一気に幕が引かれた。先輩が卒業したのだ。

没頭したが故、あり得ない落胆と喪失感を味わった。その喪失感を埋めるため、今も先輩の後ろ姿を探し続けているのかも知れないと師奈は思う。先輩だったらきっとこれが好きだ。先輩だったら、これをわざと崩して着るよね。先輩だったら……。

PARIS

3

21歳になった大学3年生の夏、師奈はアルバイトを探していた。とうに決まっていた雑貨屋の仕事が急にキャンセルになり、慌てて探したのだ。リン子と夏の終わりに実行する予定の、海外お宝探しツアーの軍資金を稼ぐ必要があった。

そんな折、リン子からの紹介で、田宮洋介のアシスタントの仕事を、腰掛け程度でやってみることになった。それをやりながら本命のアルバイトを探すつもりでいた。

洋介とリン子は、もともと共通の知り合いがいたらしく、初めはアシスタントにリン子が立候補した。しかし予定が噛み合わずに、師奈にその仕事が回ってきた。

アシスタントの仕事はこうやって始まった。

師奈はリン子から受け取った住所をiPhoneのMAPに入れた。それを頼りに、大江戸線の麻布十番駅を出発したのだ。

4番出口を出ると「This is AZABUJUBAN」的な雰囲気に飲み込まれ

る。都会の真ん中に、田舎街が広がっている。

しかし、美味しそうな飲食店が散在しているのだ。日曜のその街は格別、その色を濃くする。地方からやってきた歳を重ねた素敵な夫婦がいたり、スエット系のお姉様も……。六本木で働く人かしら？　外国人率も高い。串焼きの「あべちゃん」を過ぎると、大きな工事をやっている一角があり、それを曲がる。

「こんなところ、アトリエってあるの？」

麻布十番の中心と呼べる場所に、「パティオ」という名のスペースがある。ココだけ雰囲気が違う。なにやらヨーロッパを感じさせる場所だ。その「パティオ」に出る手前にあるビルの9階だ。

「田宮洋介、田宮洋介……。あ、あった。Yo Labo……。これかな。部屋番号は901だし」

901と押して「呼」を。じきに「どうぞ」とツッケンドンな返事があった。

「早く次のバイト、探そ」

と、師奈は心の中で思いながらエレベーターに乗った。

901号室の扉、この先にどんな未来が待っているかなど、想像すらできなかったあの頃。

師奈と洋介の物語はこの出会いから始まったのだ。カチャリと扉が開き、「どうぞ」と。

「お邪魔します〜」

と、のんびり口調で師奈は部屋に入った。

土足なんだと思いながら本来、靴を脱ぐであろう場所へ一歩、一歩。バイヤー志望の師奈には堪らないアート空間が、入り口から始まっていた。

玄関先に飾られた大き過ぎる絵。5メートルは離れて観てみたい。しかし、近くで否応なしに観るわけだが、描き手の息遣いがブラシの動きで伝わってくる。

この人、大胆にして繊細な心の持ち主。しかも、全体を塗り切ってないのが心許なく、心を連れ去られそうだ。観た者が勝手に頭の中で完成したくなり、釘付けにされてしまう。

「このオブジェも、ご自分で?」という質問もスルーされ、洋介は奥へ、奥へ。師奈もついていくしかない。この漂う香りは何?　後にこれがセージというものだと知る。これ、床も彼が自分で張っているんだと足音から感じる。居心地がいい。

「コーヒーでいい?」

と言いながら、もう洋介は豆をミルしている。香ばしい匂いに誘われる。マグカップ、いいでしょ？　と自慢げに顎で合意を催促する。これも洋介作のようだ。厚手の白い陶器。ビリビリと表面が割れて少し褐色を帯びる。かなりお気に入りのようで、随分時間が経過しているマグカップだ。

それにしても点在する絵が気になる。

果物のスケッチもあるが、今まで観てきたモノと何かが違う。テーブルの上の林檎なのに、何かが違う。普通のモノとの大きな違いは、いかに美しく林檎がスケッチされていても、部屋には飾りたくはない。

しかし、洋介のそれは飾りたいのだ。飾っている自分が得意な気持ちになる。何がそう思わせるのか、師奈にはわからなかった。

「この窓硝子」

と、口にすると、洋介はニヤリとした。

「ばあちゃん家からもらってきた」

「おばあちゃん家？」

「尾道なんだ。古い家」

「それを？」

「うん」

古い硝子はキレイに均一ではなく、動くと外の風景がロレロレと揺れた。味がある。そうだ、洋介の作品は古い硝子みたいに、味があるんだ。だからセンスよく感じ、温かく、懐かしく、身近に置いておきたくなるんだと直感した。

「食う?」

と、無作法に田舎あられを差し出された。

「これもばあちゃんにもらった」

食う?　って21歳の女子大生が「いただきますー」ってなわけにはいかないでしょ、と思ったが、

「いただきます」

と、師奈は答えていた。

「美味いだろ」

と、洋介は言い、奥の部屋へ。

師奈もあられを頬張りながら、奥へついていった。溜め息が出る風景だ。部屋中に、絵やオブジェの作品が貯蔵されている。凄い点数だ。

「これ、凄い」

「あぁ」

「これ、凄いよ」

「あぁ」

会話ともならない会話が続いた。

「いつも何を考えて作品にするんですか？」

「いつも考えてることをそのまま作品にしてる」

「ちゃんと答えてくださいよー」

「ちゃんと答えているさ」

「え～？」

「何を描いたらいいかわからなかったら、その困惑を絵にしてるし、いい絵を思いついたら、その思いついた喜びも描いている」

「そうなんだー」

と、師奈は答えたが、本当のことがわかったのは後の話だった。

「君のこと描いていい」

「え？　私、アシスタントって聞いて……」

と、師奈が言うのが早かったか、洋介が描き出すのが早かったか。

「これもアシスタントの仕事ね」

「いえ、聞いてませ……」

はやい。描く手がはやい。手品を観ているようだ。一枚の何もない平面の白い紙がいきなり立体感を持ち、意味を持ち始める。

「これ、私？」

「あぁ」

「でも、いいね」

「あぁ」

恥ずかしかった。絵の中で師奈が高揚し、少しいい気になっている。それが目の玉の表情でわかる。見透かされたって気持ちが溢れる。

初日から、恋に落ちた。


その日から、毎日の時間の流れが違ってきた。すっかり、違ってしまった。街が違って見えたり、パソコンの画面だって、メールの意味だって、違う。なにか心の中で化学変化が起きている。

今までなかった物質が生成されている。

脳が喜んでいるし、体にも変化が出てきている。肌が違うのだ。これはホルモンのせい？

師奈はとにかく、兄の英人にバレないように努めた。

朝食を独りでとっていると、英人が起きてきた。

「おはよう」

というと、

「師奈、昨日はどこに行っていたんだ？」

「アルバイトです。作家さんのアシスタントをやっています」

「それは誰だ？」

「だれって……」

「雑貨屋のアルバイトと聞いていたんだけど、それは？」

「そのお話が流れちゃって、リン子の紹介なんです」

「なにか、安心できる話じゃないね」

と、英人は嗅ぎまくる。師奈の周辺を、静かに調査する様子だった。

「大丈夫です。お兄様、放っておいてください」

師奈は強めの口調で言った。エヘンと嫌な咳払いをすると、兄はキッチンへコーヒーを取りに行った。その間を逃さず、ダイニングを出た師奈は、父の仏壇にお供え物を取りに行った。

「あぶない、あぶない」と独り言。そして、手を合わせた。心の中で〝お父様、なんだか、私、出会っちゃったみたい〟と報告をする。

「じゃ、行ってきます。今日もアシスタントのお仕事」

と、にやけてみせた。後ろを振り向くと、英人が怒り顔で仁王立ちしていた。

「どうしたの?」

「どうもしてない」

と、冷たい雰囲気を保ちながら、英人はその場を去った。

父は師奈が小学生の時に他界した。その頃、師奈は人の死が理解できていなかったような気がする。今にもそのドアを開けて「おはよ～」と父が現れてきそうで、父を亡くした消失感はなかった。

それから4年後……、中学最後のお正月の夢に父が現れ、初めて師奈は泣いた。初めて父はもういないんだと心が知った。幼く、父の死を受け入れることができなかった師奈がそれを受け入れた瞬間だった。

父の死以降、兄の英人が父として振る舞った。それは今も変わらない。

4

洋介のアシスタントをし始めた当時の師奈はまず、アトリエに着くと、コーヒーを淹れる。コーヒーの香りが漂い始めると、アトリエの雰囲気が変わり出すのだ。そうだ、洋介のアトリエは水族館の水槽の中みたいだ。なにか、すべてがゆっくりとゆっくりと流れている。

音楽が風の流れを遅らせる。洋介の動きが師奈の心を落ち着かせ、そして刺激し、また掻き混ぜる。

洋介が鉛筆状の画材をカッターで削っている。

「やりましょうか？」

と、師奈が言うと、

「あぁ」

と、洋介。

カッターを受け取ろうとした時、洋介が師奈の手を摑んだ。心臓がギュンと縮んだ。物理的にギュンと。

「師奈が好きだ」

と、洋介が言った。

「えっ？」

と、師奈。

洋介の顔の表情は変わらない。それどころか、すでに意識は違うところにトランスポートして、今は目を細め、さっき仕上がったばかりの作品を眺めている。立ち上がると紙パレットに少しだけ絵の具を出し、その仕上がったばかりの作品に手を加え始めた。

置いてきぼりになった師奈が遅れてポッと赤くなり、次第に腹立たしくなる。しかし、絵を描く洋介の背中が好きなのだ。タンクトップから肩甲骨が生物のように動き、二の腕に繋がっている。

獲物を追う猫科の動物のように狙いすましたかと思うと、優雅に海を泳ぐマンタのように悠々と描き始めた。

音楽が聴こえる。気を操る指揮者のようにも見える。

「私も好きです」

と、後ろから言ったが、聞こえていないようだった。耳元に近づいても気づかない。

大きな声で、

「私も好きです」

と、洋介の耳の穴に向かって師奈が叫んだ。20センチほど飛び上がって、目を白黒させ、

「びっくりしたー」

と、洋介は大げさに驚いてみせた。

しばらくしてから二人で大笑いした。その後「コーヒー、飲みたいな」と言い残し、また絵描きの海に深く潜っていく洋介を、クスッと師奈は笑った。

「はい、はい。ご主人様」

と、とぼけても洋介の耳には届かなかった。

ある時、洋介が師奈に言った。

「絵を描いてみる？」

「私が？　描けません」

と、キッパリ師奈が言い返した。

「いいから」

と、キャンバスの前に座らされ、筆を持った師奈の手の甲を洋介が握った。

「力を抜いて」

と、言われても、力の入れようも抜きようもない。「ほら」と言って洋介が筆を動かすとアニメのようにキャンバス上を、絵が動き始めた。「こうやって描いているんだ」と師奈は心の中で思った。

微妙な駆け引きを感じる。筆に含まれる絵の具の残量との鬩(せめ)ぎ合い。押し引きの中に濃淡の妙があり、筆の速さが線の表情を変える。あれよあれよと裸の自分が写し出される。握られた手、自分が描く自分の裸体、洋介の匂い……。頭の中がこんがらがり、実際、何がなんだかわからなくなってしまった。

「私、コーヒーを淹れます」

と逃げるように、その場を去った。描かれた線画に面を作り始める洋介は、もうすでに没頭の境地で、遥か彼方の住人となっていた。


そんな摑みどころのない洋介の存在すべてを、いつしか師奈は愛してしまったのだ。幼稚であり、天才であり、一ヶ所にいたり、全体にいたりする存在感も好きだった。

「描いた絵はどうするんですか？」

と、師奈は洋介に聞いた。洋介は一切それには答えず、絵を描いている。しかし、絵に没頭しているのではなく、「聞くんじゃない」と高圧的に師奈に伝えるためにそうしているのがわかる。しばらくして、

「誰かのために絵は描かない。俺は俺のために描くんだ」

と、洋介が師奈の目を見ることなく言った。


今日はいつもより少しばかり照明が暗い。暗いセッティングになっている。

ピンポン、とお客様だ。師奈はドアに駆け寄ると、ドアの外から「お願いします」と女

性の声がした。

「はい」

と、ドアを開けた。

「今日はよろしくお願いします」

と、若い女性が頭を下げた。

「お、よろしく」

いつの間に来たのか、洋介が後ろから声をかけた。

「2時間しか時間がないので、早速お願いね」

というと、奥のストックルームの横の部屋に真っすぐ、歩いていった。

「彼女は?」

「新しいモデルさんだよ」

「……」

先ほどの彼女が白いガウンを着て部屋から出ると、洋介の後に続いて、絵を描く右奥のスペースへ落ち着いて進んだ。

師奈はコーヒーを淹れるためにカップを温め始めた。「それではお願いします」と洋介が言うと「お願いします」と小さいが、明るい声が聞こえた。

洋介の雰囲気が変わる。ただの人から作品を創る人に変容する。違うオーラが放たれる。

肩越しに裸のモデルの背中が見える。師奈はカッとなった。怒りが溢れる。頭ではわかっているが、心が怒りで瞬間的に満たされてしまった。

その怒りに師奈は戸惑った。自分がこんな感情を抱くことになろうとは、予想もしなかった。

何も感じてないふりでコーヒーを届ける。体と魂が少しズレて感じる。単に腹が立つ。だが絵を見てビックリした。驚いた。

目の前の彼女が描かれているのだろうが、彼女ではないものに、描かれている。どう表現したらいいのか？　見つからない。見つからなさが驚きになった。

「洋介は天才だ」と師奈は心の底から思った。もう怒りも、嫉妬も全部、溶かされて、尊敬の念に変わった。

背を向けた裸体は洋介というフィルターを通り抜け、新しい生き物になる。背のきめ細かい肌はクリスタルとして描かれ、透き通り、向こうにある風景を曲げる。

しかし、その湾曲(わんきょく)した「曲げ」に彼女の心理描写がなされている。伝わるのだ。微妙な曲がり具合が彼女の悲しみや苦しみを表しているが、それは彼女自身の強さでもある。

それをも描き表してしまっている。

洋介は奇才なのだ。師奈はみとれた。目の前の裸婦と作品の間に洋介という魂がいる。

裸婦が洋介の魂を通過すると、この作品になるなら、洋介の魂は何なのだ？　と師奈は探し続けた。

iPhoneが鳴った。タイマー設定されていたのだ。

「休憩ですよ。休憩」

と、のんびりした声で洋介が言う。

「ありがとうございます」

と、モデルは言い、ガウンを纏った。体を二、三回、ストレッチすると、トイレに向かった。

「なにかモデルさんに用意しますか？」

と、師奈が洋介に聞くと、

「白湯が欲しい」

「白湯？」

「うん。白湯だ。体にいいんだよ」

と笑った。

浄水器からケトルへ水を汲み出し、火にかける。しばらくすると、ただの水がウンウンと唸り声を上げて沸騰し出す。ググラとしばらくやってから火を消した。

後はゆっくり熱が下がるのを待つ。火にかけられた水、一度沸かされた水は火のエネルギーを吸い、素晴らしい存在となる。

白湯が渡される。モデルはふぅふぅと冷まし、ちょっとずつ丁寧に飲んだ。ガウンの端からピンク色の乳房が見える。

師奈は見ている自分が相手にバレないように、盗み見た。

その盗み見る師奈を洋介は盗み見る。そして、ニヤリとしてから、描くかと独り言を呟き、作品創作が始まった。

洋介は今見た風景を描き始めた。

ダイレクトにそれを描くわけではないが、師奈はそれを直感で知った。顔から火が出るほど恥ずかしかった。洋介は楽しんでいる。そして、それを作品レベルまで引き上げた。

ピン留めで留められた前髪……。おでこは全開。広いおでこ、師奈の可愛さを表している。そのおでこに薄らシワが寄った。恥ずかしさは怒りに変わり、洋介を睨んだ。

わざと洋介は視界をそらし、目尻で師奈を見ている。きっとそうだ。きっと、洋介は楽しんでいる。

作品は美しく出来上がっていく。陰影が心の際をも露わにし、よりリアルに、手に取るように浮かび上がった。

第2章　黒い影

5

木枯らしというものが、木枯らしってわかるようになったのは最近だ。本当に風で木を枯らしてしまうらしい。しっかりと歳を重ねると大好きなものさえ変わってしまう。若かりし頃、未来に価値観の再構築や大型チェンジがあるって知っていたら、もっと生き方も違ったろうと最近、思ったりもする。そんな年齢を生きているのは赤間史郎だ。高校の美術教諭として30年近く働いてきたが、教えるだけでなく、もう一度描いてみるかと思い立ち、最近はアトリエから外に出ることもない。

真っ白に一度、キャンバスをジェッソで塗る。塗った端から絵の具でさらに、曖昧な白さを加える。

そこに少しばかりの蒼や、くすんだ茶を白で溶いては微妙に重ねる。誰にもその色の存在を気づかれないよう、そっと色を足す。なぜ、そんなことを繰り返し、白い作品を描き続けるのか、その意味は赤間も知らない。それは祈りのような儀式だ。

アトリエには、これから描くために用意された白いキャンバスが、所狭しと置かれている。実はすべてが完成品なのだ。微妙な違いをわかる者はいるのだろうか？　と赤間史郎自身も思うことがある。

誰かのために絵を描くことはすでにやめているのだ。そしてそれが自分への奉仕活動なのだと納得している。

描いてはいけないものを描くと決めたのは、あの出来事が起きて以後だ。

その生徒の存在は、赤間の脳の奥底に永遠に封じ込められている。美術部の奇才、当時の学校関係者なら忘れてはいまい。しかし、あまりにも不思議で、思い出すとざらっとする後味が、その事件を封じ込めるキッカケとなったのだ。

その生徒はあまりにも上手かった。描いて、描いて、描き続けていた。朝早く学校へ来ては美術部の部室の扉を開け、アトリエへ直行する。昼休みも放課後も、休み時間にいたっても、彼はアトリエ通いを続けた。

あまりのその生徒の情熱に、そして彼の極度の神経質な性格が災いとなり、部員は一人、一人とやめていき、最後には彼ひとりとなった。その時の担当の教諭が赤間史郎だった。

アトリエには彼の絵が溢れた。奇妙な絵だったが、圧巻だった。そしてその絵には、彼の性格がどんなものなのかを転写したが如く、観た者にありありと伝わった。誰もアトリエには行こうとしなくなった。唯一、赤間史郎以外は。
彼がいないアトリエの真ん中に赤間は立った。グラリと体が揺れる。真っすぐに立っていられない感情になる。内臓がえぐられる。そんな気分なのだ。彼の思考の中に入り込んだ状態なのだろうか？　と赤間史郎は自分自身を疑った。

美しい色はまったく使われることなく、蠢く虫の数々。孵化しそうな卵、形の崩れた蛹、羽の折れた蝶、共食いする虫……。どれをとっても気持ちのいいものではない。しかし、それが絵として完成し、遠目に眺めると妙に人の心を摑むのだ。

深い意味が宿された作品群に、赤間は翻弄された。

部屋には日に日に、虫の図鑑と爬虫類の標本、おびただしいほどの作品が山積みになっていった。ある日、忽然と姿を消すまでは。彼本人が消えたのではない。その生徒はアトリエに一切、立ち寄らなくなったのだ。

その後、当たり前に高校を卒業し、大学へ彼は進んだ。

赤間史郎にとっては気味が悪く、忘れられない出来事だった。その作品群は今も、アトリエに残されている。

赤間の描く絵は白だ。

白の陰影。誰にも気づかれない色の秘密。ただただ、白いキャンバスに仕立てた遊戯。その中にあの不思議な世界観を醸し出せないのかと描き続けてきたのだ。その生徒が残した、思い出とは呼びがたい衝撃の再来を夢見て。

赤間は何時間でも、絵の前で試行錯誤をしている。描き始め、終わった時には、髭がなぜか異様に伸びた気がする。それぐらいの生態活動が行われたのだった。

目の下にクマを作って、今日も筆を擱いた。宿そうにも宿らない空虚な思いを、心に色濃く宿した。

頭皮の痒みを爪が快楽へ導く。そうしながら赤間はアトリエを出た。出る間際に振り返り、今日描かれた作品を遠くから観る。

そして、溜め息のような声を絞り出し、部屋を閉めた。

6

それにしても、リン子が最近、変だ。妙に遠い。師奈の近くにいるのに遠い。このままではリン子との海外ツアーは実現するのかな、と思う時もある。

今までに一度も見せたことのない嫌な顔をする瞬間がある。特に絵の話になったりすると如実にそうなってしまう。どこか、洋介のアシスタントを師奈がやっていることを、嫌っているのかも知れない。

紹介してくれたのはリン子なのにと師奈は思う。なるべくその手の話にならないように、師奈は気を遣うようになった。


コツコツと音を立てリン子は歩いた。膝裏がしっかりと伸びて、パンプスの踵が地面をカッと捉える。二度見されるほど美しく歩いた。

どの瞬間も魅力的であることが自分への癒やしになる。六本木ヒルズの小脇にある「KAZUSA」というワインバーに入った。ワインも素敵だが、オーナーが作る料理が美味しい。カウンター席に座ると、

「お腹空いた〜。何か食べさせて！」

と、鼻にかかった声でリン子はお強請りする。切れ長の目をしっかりとアイライナーで強調し、緑色を目尻に添えた。唇は敢えて色を落とし、グロスにしている。

光る素材でできた鞄から小さな鏡を取り出し、おでこでパツンと切られた前髪を確認し

た。

カウンターの奥のキッチンからキノコの香りが漂う。オーナーが、

「空きっ腹に赤ワインで大丈夫？」

と言いながら、グラスにジョロジョロと音を立て美味しそうに酒を注いだ。

小さく片目を瞑り、悪戯っぽくオーナーを睨んだ後、リン子は赤い葡萄酒を口に運んだ。食道を通り、その液体は空っぽの胃に届く。枯渇したエナジーを補おうと体は一気に液体を吸収し、各所に配送する。顔が熱くなった。

「もう、顔、赤いでしょ？」

と、リン子が言うと、

「全然、普通だよ」

と、オーナーは皿を運びながら言った。ポルチーニのパスタがリン子の前に置かれ、リン子の顔がパッと明るくなった。「大好物よ」とひと言。その後は無言の時間が長く続いた。赤い色で設えたお店の中はＢＧＭだけで、リン子の他にお客はいない。

「師奈ちゃん、元気？」

と、オーナーが言った。

「いいんじゃない？」

と、口をモゴモゴさせるリン子。

「そっけないねぇ」

「別に……」

と、会話は途切れる。「今は話したくないの」という言葉をリン子はパスタと一緒に飲み込んだ。喉の奥の少し詰まった感覚も赤ワインで流し込む。

リン子の癖はついついジトッと思い悩んでしまうこと。子供の頃から長い間、そんな自分とお付き合いをしてきている。言いたいことがあっても誰にも言えない。母にも、友達にも、ましてや他人に言うことは皆無だった。

「雑誌、載ってたね」

と、オーナーが言う。

「見てくれたの？」

「あぁ、立ち読みだけどね」

と、二杯目のワインを注いだ。

リン子としては大きめの仕事だった。モデルをやりながら自分を磨くというような、生き方をフューチャリングした記事にもなった。リン子はカメラの前に立つと一段と光を増す。命を鷲摑みし、魂の輝きを絞り出す。無頓着に振る舞っているが、仕事には貪欲だ。

店が煙っぽくなった。肉を焼いているのだ。脂が焼ける匂いがする。二杯目の酒は先ほどよりも速いペースでたいらげた。体がジンジンする。深酔いするサインだ。

「まだ、食べられるよね？」

大きな皿の真ん中に、焼かれた肉が少し載っている。

「まだ食べれま〜す」

と、リン子が言うと、

「痩せの大食いだよね」とオーナーは戯けた。

入り口が金属音と共に開いた。他のお客がやって来た。男3人、女1人、合計4人は大笑いしながらカウンターじゃなくテーブル席に座った。どうやら常連のようだ。女の人に見覚えがある。テレビのキャスターさんだろうか？　場所も場所なのでテレビ局関係者は多い。

リン子は静かに肉と酒の世界に逃げ込んだ。スマートフォンを弄りながら独りの世界に。しかし、耳だけはテーブル席の会話をトレースし続けた。

オーナーも「一杯どう？」と勧められ、４名テーブルの横に立って、会話に加わっている。どうも３名の男の内、１人は有名なプロデューサーのようだ。

リン子はトイレに立った。テーブル脇を通る時、オーナーが通路を空けてくれた。ひらりと左腰からオーナーの脇を抜け、テーブルの男に目を合わせず会釈する。ショートパンツからスラリと伸びた長い脚、後ろ太股と脹らはぎに視線を感じる。トイレでリン子は鏡に向かって「作戦成功！」と小さくウインクした。

トイレから出てくると男達から名刺を受け取った。さらに印象づけるため、肉をたいらげるとスクッと店を去ることにした。


師奈は疲れ切って風呂に浸かった。最近、妙に疲れやすい。なぜだろう？　鉛の体を熱い湯に浸すが、芯はしっかり冷えたままだ。いつになれば中まで熱が届くのだろう。

鼻まで湯船に浸かり、風呂の水面を凝視している。湯気が水面から出る様を観ている。

いつか自分もこの世を去る時がくるのか？　と自問する。氷が水になり、水が気体へ変わる。その繋がりに輪廻を感じるのだ。

生きていると認識する私は、死んだらどこに行くのか？　死後も、認識する私は存在するのか？　生きるとは一体、何なのか？

多くの人が、普通考えないであろう死のことまで、このところ考えてしまう。体が疲れているというより、心が疲れてしまっているのだ。

連続する判断により物語が生まれ、その物語の檻に閉じ込められる。檻のドアを探していては、住み慣れた場所からは逃れられないという慣性と戦う。

褒めたり、褒められたり。誰かの評価が気になる自分が嫌なのに、常に誰かを評価している自分。いつか人生が終わるなら、毎日の興味の対象など意味のないことで、茶番な展開に自分は翻弄されているのでは？

「洋介さんが私にくれたものは……」

と思う。

その檻とか、ドアとかがない、判断する物差しの違う世界で、自由に自分を確認できるからなんだ、という結論に達した。

つまり、それを知ってしまったのだ。

それ以外の世界の愚かなことに、師奈はヘキエキしていたのだ。生きる意味を考えない、本業を忘れた人間の虚栄心の瓦礫（がれき）。そんなレースに師奈は溺れそうになっている。

なぜかまだ20代の初期だというのに、師奈は言葉にならない不安感に、ときおり襲われる。彼女自身にもわからないのだが、しかし、そこには師奈のリアルがある。

社会は嘘つきだ。

誰かの意図に翻弄された人々が確固たるものを捏造し、それに従い、疑わない。

それをも理解し、凌駕し、遠い視点で泳ぎ渡る人もいる。

そんなことを考えていると、頭の中でグラリと世の中が揺れた。

味気ない気持ちが襲ってきては、師奈の心を通り過ぎた。

もっと世の中は面白くなくっちゃと頭を振る。

しかし、砂を噛んだような面白くもない味が脳を占領する。

くだらない思考の連鎖。

止まらない悲しい感情のシリトリが切ない。

楽しいことを考えようとするが、すかさず足を取られ、灰色の世界へ引きずり込まれる。

虚無な世界は麻薬だ……。

あ〜、ダメだ！　とひと言。そして、ザブンと音を立て、湯船から出る。さっさと今日は眠ろうと決め、早々と風呂を出る。

体がふわりと浮いた。自分の体を自分で制御できない。

ガツンと頭を打った。床に倒れる。いや、気づいた時には倒れていた。

キーンという金属音が止まず、血の匂いがする。小学生の時、バスケットボールを鼻にぶつけられたことを思い出した。

理由のない時間が流れている。今、師奈は人生の物語から切り離されている、そんな場所と時間を体験している。朦朧（もうろう）としている意識の中で自分の肉体が溶けて、全部と繋がっていることに驚く。

目の前のタイルの床に、腕が沈んでいった。腕に境界がない。肉体の境界もないのだ。そこから師奈は大きく広がり出した。肉体の境界から解放され、広がり出した。広がり出したら止まらない。

師奈は美しいエネルギーの交響曲の一部になった……。

喜びの一部になっている自分を感じる。感じた。

その時だった。目の前の美しい風景を黒い爪が引き裂いた。嗄（しゃが）れた声が隙間から漏れてくる。ポツ、ポツと両手に滲（し）みが現れ、師奈の心に恐怖が広がり出した。ヌルリ、ヌルリとし始めた足元からは容赦ない淋しさが師奈を苦しめる。

師奈の記憶があるのはそこまでだった。

次、目を覚ました時には、師奈は病院にいた。兄が発見し、救急車を呼び、ここへ来たと言う。何が起きているのか知りたいが、怖かった。

とてつもないことが起きている予感があった。

できれば知るということと距離を置きたい。逃げ腰になる。しかし、知らなければならない。でないと何も始まらない気がする。考えると頭が痛い。

頭にも包帯が巻かれている。あの時、床面に強打したからだと思う。口の中も切れている。きっと自分で倒れた時に奥歯で噛んだんだ。血の匂いがする。

兄と母が心配そうに覗き込み「もう少し眠りなさい」と言った。眠って、もう少しよくなったら新しい現実に放り込まれる。そうなんだ。きっと、そうなんだ。

切ない気持ちで眠りの中に逃げ込んだ。トロトロ眠る。

しかし、あの溶ける感覚はなんだったんだ?

師奈の好奇心は止まない。自分という個体が解き放たれ、エネルギーになり、周りの世界に溶けていく。言葉にするのも恐ろしいが、快楽とも呼べる恍惚感(こうこつかん)が後味として残っている。

夢を見始めた。

洋介が出てきた。絵を描いている。いつもより大きめの筆で描いている。洋介が出てくることで師奈の心は喜んだ。

だが、その後ろに醜い影が見える。その影がさらに大きな筆で、洋介を塗りつぶしている。３Ｄだった洋介が、筆の黒に触れると2Ｄになり、黒の向こうに消えていく。味わったことのない屈辱感を感じる。だが圧倒的な力に、師奈と洋介の楽園が屈しているのは事実だ。

もう目の前が真っ暗で、影だけがクッキリと現れた。そして、影は肩を揺らして喜んでいる。後味の悪い夢だ。

気味の悪い、嫌な予感めいた夢。生臭い残像だけを鼻先に残している。目が覚めているのに師奈はまだ夢の中のようだった。

時間はすっかり夜になっていて、遠くで看護師さんが話している声さえ嘘っぽい。なんだったんだ、今の夢。頭が痛い。ジンジンする。ナースコールをすることにした。

洋介が師奈の入院を聞いたのは次の日のことだった。来るはずの時間に師奈が来ないから、リン子に短いメールを送った。

「師奈、来ないけど、なにか知ってる？」

すぐに返事が来た。来た瞬間に電話も鳴った。

「師奈、入院。電話する。リン子」

と、読んだ瞬間に鳴った。

「え？」

と、驚きの声は小さかったが、洋介の心は大きく驚いた。もしかすると、リン子には冷たい男と思われたかも知れないと、どこかで冷静な自分がいる。

「師奈、昨日倒れて入院しています」

「……」

「聞こえていますか？」

「……」

「洋介さん、病院に行ってくださいませんか？」

「……絵を描いて……」

と、文脈にならない返事が飛び出した。

「もぉ」

と聞こえて、プチリと電話が切れた。

怒りと喜びが交差するようなリン子の声だった。声の奥にある感情のドラマまでは読み取れなかったが、リン子の喋り口調の奥にある何かに洋介は、違和感を覚えた。

人は非常事態に苦しみ、それを楽しむ動物だ。

そしてすぐに、リン子から病院の名前と、集中治療室とだけ書かれたメールが送られてきた。

予想外の現実に直面し、洋介は呆然として、アトリエに立ち尽くした。膝から下の力が抜けた。

今、洋介は物語の外に切り出されてしまったのだ。否応なく新しい物語の展開を求められている。

今ある少ない要素と材料をかき集め、新しい物語を創ることになるのだが、時に人生は記憶の編集により、創られる。

学生時代、友達がバイク事故に遭った。左折する車に巻き込まれ、意識不明の状態が数日続いた。仲間達はシフトを組み、病院に籠(こも)った。

山場だと言われた日、洋介のバイト先の女性オーナーが心配して見に来たのだが、学生の多さに驚愕し、一喝した（昏睡状態の彼も、そこでバイトをしていたのだ）。

「彼が死んだ時に俺も病院にいたんだ！　と言いたいために、ココに集っているのだったら、まったく意味がないから、今すぐ帰りなさい！」

その女性オーナーの言葉は衝撃的だったが、ある意味、真実だった。時間が止まるという表現があるが、一瞬にして、その場をモノクロに変えてしまった。

一人ひとりがうなだれ、言葉にならない感情と向き合いながら病院を出た記憶がある。

後日、彼は復活し、今も元気にやっているのだが。

顕在する意識のドラマ……。そして、誰も知り得ない潜在する意識のドラマ。二つの物語が心の中で進行している。

洋介はハッとし、くすんだグレーな気持ちの自分を奮い立たせた。力を振り絞り、スケッチブックを開く。そして、祈りの絵を描き始めた。

祈りを単に願いだけではなく、願いを叶えられる祈禱師(きとうし)として、カタチにできる力が洋介にはあった。

洋介の力ではなく家系の力だ。血が持つ才能だった。昔から家の取り決めや謂れが山のようにあり、それを洋介は守り、研究していた。神職として生きた祖先の魂を一番強く受け取ったのは洋介ではないか、と自分でもそう思っている。

コンテを取り出すと素早く十字架を描き、太陽を描き、十字架の影を描いた。「臨」「兵」「闘」「者」「皆」「陣」「列」「在」「前」と黒文字で九字の呪を書き、その上にアクリルの白で呪の文字を隠した。

小さく黄色を混ぜ込み、向こうから太陽の光が反射している様を描き込む。コンテの黒が滲まぬよう気をつけながら、十字架の影の反対方向の際にも黄色を入れる。際の黄色が乾くと赤の細い線を速い筆で入れる。十字架の影の中にも呪を書き込んだ。

ここには「臨」「兵」「闘」「者」「皆」「陣」「列」「在」「前」とレオナルド・ダ・ヴィンチがノートに記したように左右逆の鏡文字を入れた。洋介がハミングのようなお経めいた抑揚をつけて、声を出した。九字の呪それぞれに、その音を刷り込んでいく。彼は鼻から頭に抜ける振動を調節する妙を知っていた。

7

その時だった。

誰もいないアトリエに人影が動いた。動いたように感じた。だが振り返っても、いつもの風景だ。

しかし、誰かがいる気配を感じる。洋介は空間を睨みつけた。パシッと部屋が鳴った。

その時、鏡の端に動きを見た。実際は鏡の中だ。黒いものが動いた。

洋介はギョッとした。眉間に皺(しわ)が寄り、表情が崩れる。「なんで!」と言葉にならない落胆と、驚きを混ぜ合わせた感情になった。

アトリエに置かれた大きな鏡。この鏡は、洋介のもうひとつの世界を支えているものだ。もうひとつの世界が、勝手に動き出していることに洋介は驚いた。洋介は誰にもこのことを言ったことがなかった。師奈にも。

この二つの世界があって、バランスが取れていた。安定したもうひとつの世界に、異変が起きている。こちらの現実が動いたことで、バランスを取るために向こうが変わり始めたのか？　向こうの世界が変わり始めて、バランスを取るためにこちらの現実が動いているのか？

しかし、何が起きようが確実に一度もぶれたことのない、一度も裏切ったことのない、もうひとつの世界が動いた。

向こうの世界は、こうやって洋介を訪れた。

ある日の夕方、イームズの安楽椅子に身を預け、洋介はある実験を行っていた。臨死体験研究の権威、レイモンド・ムーディ博士が大学の教室で、公開してやってみせた「鏡視（きょうし）」を試したのだ。古代ギリシアから伝わるもので、薄暗い小さな部屋で鏡を見ることで、亡くなった人と交信できるというものだ。

死者との対話。

その恐怖より、洋介の好奇心は、父との再会を望む気持ちが勝った。何を恐れることもなく、準備は進んだ。これは希なことである。それは確信に近い魂の決断を感じる行為だった。

誰もが望むが、実際に行われることはない。これ自身が成立すると、すべての生業（なりわい）に意味解釈の変更が行われるからだ。

静かな環境に、鏡を置く。床から90センチほどの高さに。高さ1.2メートル、幅1メートルの鏡が好ましい。

座り心地のいい安楽椅子の背もたれの高い位置と、鏡の低い位置が合わさるように置く。鏡から90センチほど離れ、少しばかり後ろに傾けて座るのだ。

部屋は真っ暗で、椅子のすぐ後ろに、15ワットほどの薄暗い電球をつけた電気スタンドで完成だ。

鏡の奥の暗闇をじっと覗いて待つ。しばらくすると亡くなった人が現れる。会いたい人に会えるのだ。

父は現れた。

故人は鏡の中から鮮明な姿を現した。父は肩を並べて横にやって来る。

初めての時は、ただただ驚いた。取り乱した。また慣れてくると、あまりにもリアル過ぎて落ち着いて父と話している。そんな自分にも驚いた。たわいもない会話をし、父との心の距離を縮めた。

二回目、三回目と回を重ねるごとに充実した時間を過ごしていった。事実の照合に飽き、価値観の照合に、志向（しこう）は変わっていった。人生のオモシロサとクダラナサに大笑いし、生活を変えた。その後、鏡がなくても心の中で語り合えるようになり、鏡視をしなくなっている最近だったのだ。

思考がお喋りを止め、思考の向こうにある感情に触れ始める。父は生前と違い雄弁だった。それも、言いたいことがわかりやすいのだ。次々に新しい価値観を描写した。

なぜ、生きるのだ？

なぜ、人と関わるのか？

なぜ、さみしいのか？

なぜ、楽しめるのか？

洋介は超常現象マニアではない。だが、こうやって父と語り合うことで、日常のバランスを取ってきた。誰にも言えない、もうひとつの生活がココにあった。洋介が知り得ない情報を父は語り、洋介の心の穴を埋めてくれた。

人生のこと、生活のこと、アートのこと、生きる意味のこと……。洋介の人生の安定感は、ここで作られていた。祖母とも、叔母とも会い、学んだ。誰も入り込めない鏡との遊戯が、洋介の日課だった。師奈が現れる前は、それが日常だったと言えるかも知れない。

しかし、その聖地なる鏡に、何者かが入り込んだのだ。平穏だった、信じ切った世界が、洋介を裏切ったのだ。

イライラする気持ちを抑えきれない。動いている何かを鏡の中に探した。穢らわしいそれを探した。

醜い姿を悠々と、それはやって来た。見えるわけではないが、存在の圧力たるものを感じる。部屋が急に暗くなった。いよいよだと洋介は唾を飲み込む。向こうもこちらを見ようとしている。

聖地を侵したそのものにフォーカスする。だが気を集中すればするほど、それが力を得、洋介の意識に広がった。だからこそ、制御しながらフォーカスをした。黒いその存在に。向こうもこちらを覗き込んだ。ヌルリと覗き込み、やっとピントが合い、洋介をようやく見つけたようだ。

それが鏡の中から睨みつけている。

「なんだ？」

と、声になるかならない洋介の声に、そいつは反応した。

「ソレイジョウ、カクコトハユルサン（それ以上、描くことは許さん）」

と、嗄れた声で言った。洋介は恐怖に飛び上がった。

黒い存在は、鏡の脇からスルリと姿を見せた。

ギョロッとした目は前に飛び出し、とにかく気味が悪い。表情から流れ出る、おぞましく不快な感情に、周りの空間が歪む。黒目が大きくなり、笑みが口元に表れたかと思うと……突然、黒目は虎のように小さくなった。人を小馬鹿にしたような口元。

そして、哀れんだ視線を洋介に送った。視線は合っているようで合ってないのが、苛立ちに触れる。洋介の心の変化を読み取り、薄笑みに変わる。そして口元は堪えきれず、緑の液が垂れる。

人の嫌な部分に常に触れてくるそれに、意識ごと飲み込まれそうだ。嫉妬、憎悪、狂気、恐怖……弱みを見せたらそこを狙うだろう。

黒い存在の誂(あつら)えのいい、光沢のあるスーツが朽ちていく。砂時計のように、滑りのあるそれが、古びて崩れさる様を見る。永遠に、永遠に朽ち続けていく姿を見せ続けている。

顔は青白く、その奥に土色を感じさせ、生気はまったくない。肌は生きている者のそれとは違っていた。首元は筋張り、年老いた老婆のようだ。

アルコールの蒸発する気体のような、カタチにならない何かを纏っている。それは死の匂いだ。誰が見てもそれはまさしく、死神だった。

容姿を超え、醸し出す感情の波動が嫌悪に結びつく。人の切なさや、苦しさや、言葉にできない虚、マイナスを喜びにしている姿に、恐怖と怒りが混じった。

さらにどう表現していいかわからない生臭さ。それは嗅いだことのない憎悪の臭いだった。

瞬間に嫌悪を感じる虚なる世界を喜びとし、人の心の弱い場所を楽々と刺し、楽しむ……。そんな存在を思わせた。それ自体が人を狂わすほどイラ立たせる。

死神は臭い息で話した。

「師奈は死ぬ。お前はさぞかし苦しむことだろうな」

「師奈が死ぬ？」

洋介の頭は混乱した。

「どういうことだ？」

と、聞き返した時に、その死神は牛鬼の化身となり、白い肌を露出する師奈を抱いていた。洋介の描いた絵の通りに……。

「やめろっ」

と、大声で洋介は叫んだ。実際に叫んだのか、心の中の声なのかはわからないが、叫んだ。ニヤリとした猛獣は、ぐったりとなった師奈の体を引き寄せた。師奈の顔に喜びが漂い、長い舌が伸びて、師奈の軀（からだ）を伝った。

穢れた猛獣に、師奈の長い手足が操られている。おでこに髪が垂れた。快楽に師奈の表情が歪む。

気がつくと、汗塗（まみ）れの師奈が洋介の上に覆い被さっていた。蒸されるように部屋が暑い。蕩（とろ）けるような表情の初めて見る師奈が、洋介を咥えている。

艶が動物としての機能を覚醒させ、熱が人間としての意識を朦朧とさせる。

もう何が何かわからない。半眼から見える向こうに師奈が怪しく揺れている。薄笑みを帯びた視線で洋介を覗き込み、赤い肉を擦りつける。

洋介は洋介ではなくなりかけていた。

温かなヌメリは洋介に纏わりつき、生気を絞り、吸い上げる。洋介は煩悩の坂を登り切ろうとしている。細い息が絶え絶えと、続かないところまで来ている。

脹らはぎと裏太股の筋肉が悲鳴を上げた。同時に洋介は至った。

その時……。

死神が耳元で言った。

「死と取引するか？」

洋介はソファの上で飛び上がった。

師奈はいない。師奈ではなかったのだ。覆い被さった死神は洋介を覗き込んで、もう一度、言った。

「師奈の命と取引するか？」

「意味がわからない」

と答えようとするが、洋介の意識は混乱している。

「意味などわからなくてよい。取引だ」

「……」

洋介は、屈辱と苛立ちと虚無な気持ちの穴に落ちていた。

「悪魔崇拝の絵を描け。結界を解き、悪魔の呪文を書き込んだ絵を描くのだ」

それができないなら師奈の命はない、と告げ、死神は突然消えた。

もし、そこに死神が本当にいたなら、消えた。いや、いたのだ。髪の燃えるような嫌な匂いが残っている。

どれほどの時間、眠ったのか。重い頭を抱えソファの上で洋介は目を覚ました。重い二日酔いのように感じた。体が重い。

窓から飴色の陽が射している。放課後の理科室のようだと洋介は思った。

「何だったんだ、さっきのは」

と思い出そうとしても、思い出せない。いや、思い出したくない何かが、思い出させないのだ。

洋介は一日を反芻(はんすう)した。お昼にリン子にメールをし、師奈の入院を知った。そして、一連の出来事？　夢？　現実？……。よくわからない時間の後、今がある。

部屋を見渡した。スケッチブックが床に落ちている。鋭い爪のようなもので切り裂かれ、十字架が折れたようになっている。

死神は本気だと洋介は知った。

洋介の皮膚の表面に冷気が走った。死神との取引。悪魔の呪文。師奈の命。起きている意味が洋介にはわかった。

悪魔の呪文を書き込んだ絵を描いてしまったら、大変なことになると洋介は思い知ったのだ。

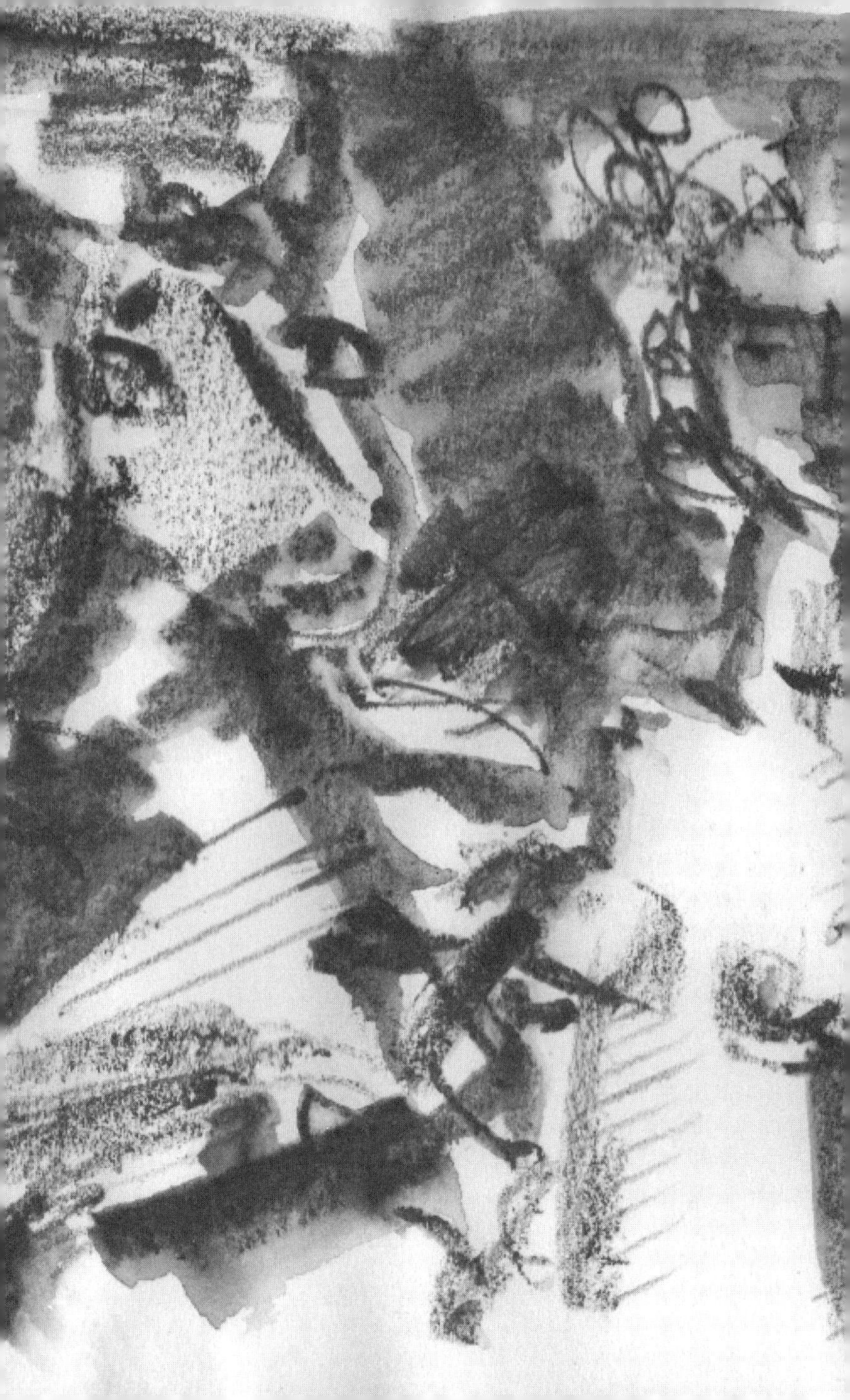

想像するだけで恐ろしさに震える。ユダヤ民話に伝わる邪悪な存在、ディビュークを封印したという呪いの箱のように、次々と人々に不幸を起こし続ける絵を生み出す意味を知っている。

しかし、師奈の命が天秤の向こう側に乗っているのだ。

三度見たら死ぬと言われたズジスワフ・ベクシンスキーの恐怖の絵や、見た者を困惑の世界へ引き込むヨハン・ハインリヒ・フュースリの「沈黙」や、キリスト教の悪魔の一人であるバフォメットの絵など、数々の悪魔崇拝の絵が、かつて世の中に送り出された。

それらは目の前で連鎖する人の恐怖を吸い込んでは巨大化し、さらに次の恐怖を生み続けてきた。しかし洋介はそれを許さない。

下腹部は重いままだ。師奈の白い肌も、死神の臭い息も、記憶のすぐそこにある。萎える自分の心の底で苛立ちが起きた。

「許せるか！　俺は悪魔の手先にはならない」

と思ったその瞬間、左手前のテーブルの上に置いてあったグラスが割れ、砕け散った。

花瓶も割れ、筆を立てる缶もひしゃげた。

8

「私、ここで何をしているの？」

リン子はトイレで立ち尽くしていた。

自分が自分を凝視している。鏡の中の自分は、酷い顔をしている。目の下のクマが目立ち、げっそりと痩せた自分に驚き、

「何しているの？　私……」

と取り乱している。

トイレに入ったところまでの記憶はあるが、そこから先が消えている。気がついたら鏡の前に立っている。しかも、自分の姿が先ほどと違う。

見すぼらしくなった自分？　それとは違う、何かが違う。どこが違うのかわからないが、確実に違う。自分の姿にギョッとした。

「ん？　えっ！」

固まって、動けなくなった。自分の輪郭のすぐ後ろに誰かがいる。しかし、振り返って

も誰もいない。誰かいるのではない。自分の輪郭の後ろに誰かが張り付いている。ほんの数ミリだけ、自分の顔の輪郭に黒い影がある。

「なんなの、こ、これ」

振り払おうにも、振り払うことができない。自分と一心同体となった、なにか不気味なものに気づいた。いつからこんなことに？

その瞬間に声がした。黒いそれが話し始めた。

「いやっ」

第3章　ラビリンス

9

洋介は病院に向かおうとしていた。

師奈に会いたい。一刻も早く、顔が見たい。はやる気持ちの後から、確実に恐怖が近づいてくる。

〝ヒタヒタ〟と足音を立てながら、洋介に近づいてきている。

時間が1分、2分と経過するにつれて、洋介の怒りは恐怖にカタチを変え、何が起きたか、何が起きているのか、何がこれから起きるのかを、洋介に刻み込んでいく。

輪郭がわかると、文字通りわなわなと震え、手元が狂う。何もかもが、もどかしくなる。

昔、溺れた夢を見たことがある。波にもまれて方向性を失くす。どちらが水面かもわからずもがくだけ。必死の思いで水面に辿り着くと次の波が頭から落ちてくる。その波に再び少ない肺の中の空気と一緒にもまれ、海底に打ちつけられる。海の中は洗濯機のような渦になり、生きようとする洋介の意志を吸い取っていく。その時と同じように、もがけばもがくほど時間が泥のように溶けていく。

足元が抜け落ちたような感覚を体験し、我に返る。家から出られないのだ。

怒りに奮い立った自分はもういない。ただただ、恐怖に支配され、体温が下がっている。ガチガチと歯がときたま、音を立てる。途中、何度も鏡を振り返ってしまう。今は通常の鏡のままだ。また、奴が出てくるのではと身構え、準備が進まない。

鏡、そのものが恐ろしく、腰が引けた。びしょ濡れで震えている小動物のように、洋介は自分を感じた。不意に訪れる睡魔。重い身体。すべてがどうでもよく感じる。何かができる状態ではなかった。

弱くなった自分を「チェッ」となじった。それよりも、一刻も早く病院に行かねばならない。師奈に会いたいという気持ちは空回りする。

準備が必要なのか、必要じゃないのか。要るのか要らないのかもわからない荷物をバッグに投げ入れ、肩にかけた。床の絵もそのままに部屋を這い出た。

朦朧とした意識の中、精一杯の力と勇気を絞り出した。心のどこかでは「どうにでもなれ」と投げやりになっている。

病院までの道のりはなにひとつ覚えていない。無我夢中だった。途中、病院の手前の川を渡る時、夕陽が真っ赤に空を焼いた。陽が沈み、一度、周りを暗くした後にもう一度、赤く空を染めた。フラッシュバック現象だ。
橋から見る川の赤さに驚いた。初めて見る光景だった。そんなことよりと病院への道を急いだが、振り返りながら川を二度、見る。ほんの一瞬の出来事だった。二度目、見た時には、すでに平凡な川に戻っていた。

途中から何度も電話をかけたが、リン子はなぜか電話を取らない。病院の受付では、支離滅裂（しりめつれつ）な応答をし、怪しまれた。やっとのことで師奈の病室を聞き出した。

病院の独特な匂いは、混乱した洋介の気持ちを鎮火させる力がある。空中分解していた洋介の心を整理させ、少しばかりの落ち着きを取り戻した。廊下の無機質な光沢や、行き交う医療従事者の存在が、心の揺れを治めた。

術後の緑の服を着た医師が、洋介を見てギョッとしている。きっと彼には見えたのだろう。ここに来る前に、何が洋介に起きたのかが。

もう一人いた。順番を待つ患者に付き添った高校生ぐらいの女の子が、目を丸くして驚いていた。

死神と会った後、ここに来ていることが、わかる者にはわかるようだ。そしてそんな人間が、自分が思っている以上に多いのだと洋介は知った。

何が一体、起きているんだ。これまでだったら、霊能者や超能力者に興味などなかったが、あんなことがあった後だ。今はどんな人間が世にいようと信じられる。というか、頼りたい気持ちでいっぱいだ。

だがなぜ、師奈の命なんだ、と答えの見つからない問いを続けているうちに集中治療室に辿り着いた。

ガラス越しに師奈を観察した。封じ込められていた気持ちが一挙に放たれた。

「師奈……」

師奈は静かに眠っている。

管や医療器具がないなら、気持ちよさそうに眠っているようにも見えた。美しさがまるで、テレビコマーシャルのようでもあった。おでこが愛らしい。

「君だね」

と、後ろから男の声。

「洋介君だね」

と、念を押された。

「あ、はい」

と、応えた。

「師奈の兄です」

ちゃんとした身なりの男が言う。好きにはなれないだろうと直感で思う。

「あ、はじめまして」

と、洋介は目を合わせずに言った。

「ここへ来てもらいたくないのです」

静かに男は言った。

「え？」

と、言葉にならない声が出た。

「君にはここへ来てもらいたくはないのです」

と、もう一度、落ち着いてその男は言った。

「帰ってください」

最後の言葉は苛立ちが露わになった。

洋介は一度、師奈を振り返り、「失礼しました」と言い残し、男の目を見ることなく廊下を歩き出した。

師奈の兄に対して怒りを感じた。そしてその怒りは行き場を失くしている。体の中を充満させ、イライラと神経を逆撫でした。後ろから視線を感じる。

「何も知らないくせに」と洋介は師奈の兄をバカだと思った。〃自分は正しいことをしている〃と思い込んでいる男を嫌った。

怒りは洋介の顔面の筋肉を、ピクピクとさせる。

しかし、師奈の姿の美しさは、洋介の心のザワツキを消した。師奈の持つ空気感に、自分がどれだけ救われているのかを初めて知った思いだった。

父を亡くした時知ったが、人ひとりが存在し、その人ひとりがこの世から去る時、大きな衝撃が、所属していた群れに影響を与える。

積み木を積み上げ、その中の一個の積み木を抜いた時のように、ガラガラと大きく崩れていく。

その人が守ってくれているものは、その人がいなくならないとわからないものなのだ。何から守ってくれていたのかも気づかない。その人が支えていたものも同じだ。

師奈の存在は大きく洋介の内的世界を支えていたのだ。

あの横たわりながらも醸し出す、師奈の存在の美しさは、媚薬(びやく)のように洋介に効いていたのだ。そして、その効力は、洋介が気づかないうちに、想像以上に強く発揮し始めていた。

師奈を失いたくない、失うなんて考えられないという気持ちが、はっきりとしたカタチとなり胸の中で膨らんだ。そう確信すればするほど、苦しくなった。

眉間に皺を寄せ、死神の放った苦しみの毒矢を胸で受けた。毒が心の神経を伝って全身を痺れさせている。切なくて下唇を噛む。唇が破れて血の匂いが漂うと、洋介は正気を取り戻した。

正気を取り戻すと、師奈の兄に対する怒りを思い出した。

すべてを支配下に置き、判断し、コントロールしようとする態度に吐き気がした。社会の醜さと同じモノをあの男から感じる。

ある一部の権力者が善意を振りかざし、我が物顔にのさばっている。愚かな弱い者達は権力者に巻き込まれ、自分を失い、その代わりに力を得る。得た力を継続するためにも、すかさず流れに巻き込まれ、ことごとく繰り返し、繰り返し、茶番を演じ続ける。師奈の兄にはそんな権力者の匂いがする。

しかし、今は師奈の兄と戦っている場合ではないこともわかっていた。

病院前のタクシー乗り場は数名の列になっている。タクシーは来そうで来ない。

洋介は携帯電話を見ているふりをして立っているが、実は一行も読めていない。

自分が今、何をすればいいのか？　何からすればいいのか？　そんなことすらわからない。ただ、感情に揺らされるがまま、そこに立っているだけだ。

怒りと、切なさと、恐怖と、混乱……。師奈の命を奪おうとする醜い影、死神との取引、命の火が消えそうな師奈、何も知らないくせに高飛車な師奈の兄、すっかりビビりあげている自分……。

バカバカしいっ。

その時だった。

「ふん。生きるのも大変だな」

と、死神の声がした。

ビクッと体が反応した。怒りは急に萎え、また恐怖に押さえつけられた。

タクシー待ちの行列が映る病院のガラス扉を鏡と見立てて、死神が現れた。

周りの人には何も聞こえないようだ。目の前の親子連れも風船の話を続けている。

「師奈の兄は懐かしい。あの手の男は意外と長生きだ」

と、死神がなぜか、師奈の兄のことを口にした。

「……」

と、洋介は放心状態になり、ただただ目の前の現実を受け入れるのに、いっぱいいっぱいだ。

「かなり怯(おび)えているようだな」

「……」

頭の中は文字化けしている。

「はやく、描けっ」

「……」

洋介は折れた十字架の絵を思い出した。

「悪魔崇拝の呪文を入れた絵を、描けっ」

とだけ言い残すと、例の臭いを発し、消えた。髪が焼ける匂いだ。タクシー待ちの誰にもその臭いは届かない。

ヘナヘナとそこに座り込んでしまいそうだった。

「何もできない」と心の中で洋介は思った。その瞬間、洋介は何かを失ってしまった。車が前進とバックしかできないように、洋介には怒りと恐怖しかないように感じた。今はそれをも壊れた気がした。

10

電話が鳴る。何回目かのコールで正気に戻る。リン子だ。

「病院に来てください」

途絶えそうな弱々しい声に驚いて、洋介は少し自分を取り戻した。

「今、病院だ」

「び、病院なんですか」

「あぁ。リン子、どうした?」

「今、ロビーです。私を探して……」

電話は切れた。

ロビーに入るとすぐにリン子を見つけた。モデルのリン子の身長とスタイルは、病院のロビーでは異質なものとして映っているだろう。

リン子は洋介と出会うと、困った表情をした後、カフェへと歩き出した。目が落ち窪み、困惑の表情をしているうえ、いつものリン子と雰囲気が違う。決して明るいはじけたタイプではないが、漂わせている空気が違う。なにか曇った雲の様なモノを纏っているみたいに見えた。

病院の中にはスターバックスがあった。リン子がそこへ行くために、ロビーを斜めに渡ろうと人と人の間を歩いたが、力がすっかり抜け落ちている。

親友の師奈が大変なことになっているんだから、それはそうだと納得した。しかし、リン子に今の洋介の置かれた立ち位置は、説明ができない。

「最近の病院は洒落てるんだね」

と言ってみたが、リン子は聞いていない。コーヒーをオーダーすることなく、席についた。

「師奈の顔は見たよ。お兄さんに追い返されたけど」

と苦笑いをしたが、リン子は反応がない。反応がないだけではなく、下を向いて、顔を上げない。髪が前に垂れ、簾のようになっている。

その簾の奥で鼻を啜りながら、リン子が小さな唸り声を上げた。鼻水のような粘り気のある液体が机にツーッと落ち、ゆっくり広がった。

沈黙が続いた。長い沈黙だったのか、短い沈黙だったのかわからない。

「私なんです」

と、リン子が嗄れた声で話し始めた。

「師奈をああさせてしまったのは私なんです」

「自分を責めない方がいいよ」

と、洋介は言った。

死神が力を得るために、洋介に「悪魔崇拝の絵」を求めて、現れ、その交換条件として、彼女の命が天秤に乗っているんだよ、とは言えなかった。言っても、誰も信じることはないだろうとも思った。

急にスタバがいっぱいになってきた。

「違うんです。私なんです」

と、またリン子は言う。

「外の空気でも吸わないか？」

と、洋介はリン子を促し、店を出た。

うなだれながらリン子は歩く。歩きながら何度か「私なんです」と言った。最後はかすれた声で「私のせいで……」と言いながら、声にはならない。

言葉の端から感情が溢れ出し、深い苦しみをリン子に与えた。

外に出ると秋が始まり出している。激しく暴れた夏が治まり、弱くなった夏に秋が忍び込む。物悲しさを武器に、こっそりと懐に忍び込む。青々としていた風景を、静かに茶褐色に変え始めようとしていた。オセロのように、勝ち始めると展開は速い。

病院の周りを散歩できるよう、遊歩道が造られている。そこを黙々と歩く入院患者が数名いた。決して速いスピードではないが、黙々と歩いている。立ち止まり、ブツブツと何かを唱えている者もいる。

ラビリンス……。迷路。迷宮。グルグル、グルグルと縁に沿って歩くだけで瞑想状態に入れる。

西洋の教会や病院では「瞑想の道」として今も受け継がれているそれを、この病院も導入しているようだ。歩き始めると、外へ向いて忙しく動いていた意識が、内へ向かい始める。

言語化されていない記憶の断片を、深層意識内において整理整頓し始める。歩けば、歩くほど整っていく。

ニュアンスとして意識に影響を与えていた断片記憶が意図のレベルまで浮上し、道具として使えるようになっていく。

無意識が捏造した現実を生きる我々にとって、無意識とのお付き合いがすべての鍵を握っている。絵を描く時の儀式と同じだ。

描いているのは洋介ではない。洋介がアンテナとなり、無意識の世界から送られる電波を受信し、洋介が画材の一部になる。大いなるものと繋がることによって、表現しようとするそれに支配される。描いている洋介も、驚きながらその作品の第一発見者となる。意図的に描かれた絵は陳腐(ちんぷ)で、多くの人の概念にすでに存在しているものだ。

リン子は歩くよりかなり遅いスピードで、進む。喉から絞り出すような声で言った。

「師奈がああなったのは私のせいなんです。私と母の……」

「どういう意味なの?」

「私にもわからないんです。今は恐ろしくて」

と、震えている。

その時、洋介は直感的に、リン子はあの死神と会っているのではと思った。昼に電話してきたリン子ではない。あれから今までの間に、何かがリン子に起きたんだと察知した。

リン子が抱えているモノの大きさを、リン子の恐れから感じることができる。

その時、リン子が洋介に顔を近づけた。一瞬、リン子の肩が逞しく盛り上がったかと思うと、リン子の目は白目になった。

「お前は早く絵を描くんだ」

と、リン子が言った。

洋介はのけ反り、恐怖に縮こまった。リン子に死神が憑依している。リン子の涎に緑の液が混じって見えた。

「ウッ！」

と声を上げ、そのままリン子はヨロヨロと道端に座り込んだ。

洋介も恐怖に腰が抜け、座り込んだ。急にリン子の体から力が抜けていく。リン子は元に戻ったようだ。例の髪の毛の焼ける匂いとともに。

今、自分が直面している現実は恐ろし過ぎる。洋介は汗が滲んだ額を押さえながら、どうすべきか考えた。リン子は呼吸のスピードが正常に戻り、すやすやと眠りに落ちそうだ。

そこに通りかかった看護師が声をかけてくれた。

リン子を彼女に任せ、疲労し切っている自分に気づいた。その時だ。師奈の兄、英人とまた出会ってしまった。

「なんだ、まだいるのか?」

先ほどの紳士的な雰囲気はまったくない。

「リン子ちゃんはどうしたんだ?」

と、迫った。

「どうも体調が悪いみたいで……。今、看護師さんにお任せしました」

「はやく君も帰ってくれ」

と、怒りを露わにし、英人は背を向けた。

洋介は怒りを覚え、英人の背を睨みつける。

人間は愚かだ。そして、弱い。困惑すると人は、誰かをすべての悪の根源に仕立て、敵を作りたいのだ。その敵を憎むことで自分の心に静けさを手に入れようとする。そして、人は心の底で、惨事を楽しんでいるのではないかと洋介は思う時がある。

人はレジャー帰りの道が大渋滞になると、表面的にはがっかりしているが、心の奥底ではその状況を楽しんでいると言われる。次の日に会社に行き、どれほど渋滞が大変だったかを語る自分に酔いしれるのだ。

人は非日常を楽しむ傾向があり、大きな台風がやってくると血が騒ぎ、もっとも被害が大きい南の島のカラオケボックスは、満員になる。表面に出る感情と、深層に存在する言語化されてない記憶は、相反しているのだ。

洋介は「愚か者め」と、英人の背中を心の声でなじった。そして、今、師奈を救えるのは自分しかないと確信を摑んだ。

そう心に言い聞かせ、洋介は怒りを鎮めようとした。そして、去っていく「お兄様」を目で追いながら、病室に行けるのは今だと確信した。

11

病室の前まで来た。誰も縁故の者がいないことを確かめた。夕食時間が始まったことを、廊下の給食臭が伝えている。病院の配膳係が一人ひとりに声をかけている。

洋介は、臍(へそ)の下の丹田(たんでん)に気を込め、師奈が見える位置に座った。ふ〜っと息をゆっくり吐き出し、目を半眼にする。洪水のような情報過多の現実から、情報を絞り込み、真っ白な世界に入った。

呼吸はその扉。ゆ〜っくり吐くことに意識を集中する。しばらくすると周りの雑音がホワイトノイズと変わった。安定した、のびやかな呼吸の連続。平和な時間を楽しむ。何かを意図せず、何もコントロールせず、意識が広がる様をただ、眺めるのだ。

懐かしい小学生の時代の夏休みに意識が触れた。ふ〜っと長い息を吐き、意識を呼吸に戻す。判断を手放し、判断をしていた基準になる基盤をも手放す。意識の中で基盤に見立てたものが、蒸発するように消え去る様をイメージする。すると輪郭を持っていた世界がそれを失くし、朦朧とする。そして、朦朧としている世界も手放す。そうすることで朦朧としていた意識の奥に、透明な世界が広がっていることに気づく。

遂に師奈の意識を見つけた。繋がった！

声が聞こえ始めた。

「心配しないでくださいね。ビックリさせてしまいましたね。少し焦って私も生きていたので、ゆっくりしてから自分のペースに戻します。洋介さん、ごめんなさい」

と、師奈の意識は言っている。

「師奈、怖くないかい。心細くないかい。辛くはないかい」

と、洋介は伝えた。本当のことは何も言えない。

「近くに来てくれているんですね。人は早くよくなろうとか、なんで私にこんなことが起きるの？　とか思い、なかなか受け入れられなかったり、自分が望まない状況に納得がいかないようです。でも、私、わかるんです。受け入れることで、体感する時間がゆっくりになり、すべてがよくなっていくことを」

洋介は冷静な師奈に驚いた。

「洋介さんと知り合えたこと、今も感謝しています。私が私以上に私になっていく感覚がずーっと続いているんです。ありがとうございます。ずっと側にいたかったです」

と、師奈が言った。

「ずーっといてよ。なんで？」

と、追いかけると、

「洋介さんと私ができること、それは意味あることであって欲しいのです」

と、キッパリと師奈は言う。どこまで行っても師奈らしい。

気づいたら洋介の頬が濡れている。頬を拭うと、ガラス越しに見える師奈に視線を戻した。師奈の頬も濡れているように見えた。

師奈のゆっくりした呼吸に自分の呼吸を同調させる。同調させると気持ちがいい。師奈が初めてアトリエにやって来た時のことを思い出す。見るモノ、見るモノが師奈には新鮮で、大はしゃぎしていたあの頃を思い出す。

出会ったことで何が変わったんだろう。洋介は確実に師奈と出会い、変わった。それは師奈も同じことだったと思う。見る見るうちに変わっていく師奈に心を奪われた。半分、世を捨て、世間を斜めに見て、皮肉たっぷりに生きていた洋介は、久しぶりに太陽の光に触れた気分だった。

そんな洋介の真っすぐな部分に迷うことなく触れ、陽気に時間を過ごす師奈に、洋介は自分を取り戻していったのだ。

無邪気さや、天真爛漫(てんしんらんまん)さは誰の心にもあるが、そんなことすら誰もが忘れているものだ。師奈が与えてくれているそれらの大きさを今になって知ったのだった。

「ごめんな」

と、もう一度、洋介は目を瞑った。

師奈の言葉が意識に流れ込んだ。

「洋介さん。洋介さんが洋介さんでいる時、一番素敵です。迷わないでくださいね」

「師奈は一連のことを知っているの？」

「知っています。だから迷わないでくださいね」

「しかし……」

「闇を封じ込めてしまってください」

「しかし……」

「洋介さん。私は大丈夫です」

こ、これは？　本当に師奈の言葉なんだろうか？　洋介の迷いとは裏腹に、師奈は続けた。

「私は大丈夫です。このようなことになるのは二回目だと気づきました。気づいたというよりは思い出しました。死神に命の源を握られ、恐怖と執着の中にいた魂の経験があります。これは二度目なのです。今の私には対応の方法がわかります。これが正しいのかどうかも試してみたいのです。洋介さん、封じ込めてください。死神は逃げる者の後ろを付いてきます。これは魂の実験です。誰もの心の闇にある恐怖を、二人で少し明るくしましょう」

と、師奈は言い切った。

洋介は頭の中でのこの会話を、理解できなかった。師奈を奪われたくない一心で、会話の意味を理解したくないのかとも思う。

「チェッ」と例の舌打ちをして、一度、意識を振り払った。その時だ。

「もう、そろそろいいんじゃないのか？」

と、割って入ったのは死神だった。洋介の体は驚いてビクッと浮いた。汚れた嗄れ声で二人の交信を断ち、すぐにイラッとする部分に直に触れてくる。異様な雰囲気を醸し出す。廊下に設置されている鏡から死神はこちらを覗き込んでいる。

廊下にいる者達には死神が見えない。平然と廊下を歩く患者と、黒くとぐろを巻くおどろおどろしい死神の図。日常のすぐそこに死神が存在していることに誰も気づいてないのが恐ろしくも滑稽（こっけい）だ。

洋介は半眼になり、集中を取り戻した。自分の体のサイズを認識し、その認識した自己のサイズを、意識の中で次第に大きくしていった。自己認識する体のサイズが大きい方へ、ホメオスタシス（安定した恒常性の維持）は同調する性質がある。

すかさずそれに気づいた死神は、「怖い怖い」と、せせら笑い、そうはさせまいとチャチャを入れる。洋介の集中力は崩れ、死神のペースに持ち込まれる。

「そんなエネルギーも吸い取らせてもらっているよ」

嫌みたっぷりに笑った。死神の声に洋介は萎えた。

「女はドンドン弱っておる。早くせんと女の声も届かなくなるぞ」

と、凄みを加え洋介を脅す。

洋介は折れた。

ムフッと死神は笑った。

「小僧、そろそろ絵を描かんと間に合わんぞ」

ククク と引きつった笑い声を響かせた。

イラッとする洋介。そしてまた「怖い怖い」と戯ける死神。その時、

「この命は永遠よ」

と、美しい師奈の声が混じった。

「ほう、小娘、やるじゃないか」

その声とともに死神が消えた。

例の匂いが漂う。タンパク質が焼ける匂いだ。しかし、知らない間に洋介は、この臭いが気に入り出していた。

洋介にひとつアイディアが浮かんだ。師奈に「頑張ってくれ」と言い残した。

「この命は永遠よ」の師奈の声が、何度も何度も頭の中で反芻(はんすう)された。

洋介は足早に病院の廊下を抜け、自分のアトリエに帰ろうと思った。その時、

「洋介さんですか」

と、大人の女性に呼び止められた。

彼女は師奈に似た肌の色をしていた。師奈の母親だとすぐわかった。師奈と同じで、おでこも印象的だ。そして、若々しい。年齢を重ねても幼さを感じさせる女性だった。

食事を済ませ、病院に戻ったタイミングのようだ。母親の話は師奈から何度も聞いていた。会った瞬間に、人を魅了してしまうタイプだと。決して相手の領域には踏み込まない謙虚な人柄だとも聞いていた。

人を緊張させない柔らかい雰囲気で、しかし、洋介の目を見て、しっかり話した。

「英人が無礼なことを言ってないかしら。ごめんなさいね」

と、顔をしかめ、頭を下げた。英人って？　と戸惑ったが、「お兄様」だと直感でわかった。

「師奈のことが心配で、行き場をなくした言葉を洋介さんに浴びせているのではと、懸念

しています」

と、また深々と頭を下げた。そのまま師奈の母は急に顔をくしゃくしゃにし、目に涙を溜め、

「見てやってください、師奈を！」

と、首をそちらに傾け、目を閉じた。

洋介はガラスまで歩き、師奈の母を背にし、師奈をもう一度見た。言葉にならない母親の「お願いします。あの子を……」の懇願（こんがん）を背中で受けた。

師奈は眠っている。だが凛とした空気が漂っているのが不思議だ。取り囲むすべての人よりも、師奈が一番冷静で安定しているように見える。

「よしっ」

と、洋介の心が決まった。

「お母さん、僕は今日のところはこれで帰ります」

と、師奈そっくりな母親に伝えると、その場を去った。洋介には訪ねようと思う場所があった。

12

師奈の母、良子の人生も希有なものだった。まだ独り身の頃、地方の小都市からこの東京へ、憧れを持ってやって来た。師奈の天真爛漫さは母譲りだ。良子は太陽のように明るく、自分よりも人を大切にする性分だった。また醸し出す雰囲気の柔らかさで、多くの人に好印象を与え、みる間に大都会の東京に馴染み、活躍の道を見つけた。

「こんなことやってみない？」

と、アイディアをひとつ思いつけば、周りがワサワサと動き始め、協力者が現れ、思った以上の展開となり、それが噂となる、ということは日常的な出来事だった。

彼女の周りには人が溢れ、また好機も溢れていた。その活躍の様子が人を呼び、また次の好機を呼ぶ、となるわけだが、その反面、嫉妬も多く、

「きっと枕営業なのよ、あの女は」

等、あらぬ噂も多く、時に悩むことも多かった。

関わる人に迷惑がかかってはいけないと、盛り上がっている企画の途中で、それらを断

念することがあったりもした。その危うさもまた彼女の魅力でもあった。

そんな時、出会った男と普通の結婚をしたのだ。魅力的で、天真爛漫さにひかれたその男は、彼女のありもしない噂で苦しむ姿を不憫と思い、その先、彼女を支えていくのだが、好カップル誕生の噂も大勢の女性の嫉妬の対象となった。

すぐに子供に恵まれ、生まれてきたのが英人だ。そこで良子は一線を退き、晴れがましい舞台から降りるが、その幸せそうな夫婦生活、人生を一番祝福していたのは親友の佐藤峰子だった。

誰よりも目立ちたいという峰子の性分は、良子と親友になることで常に満たされ、イベントの華となり、有名にもなったが、いつも良子の存在があり、どこかで良子と比べている自分がいたようだ。

決して派手ではないが、すぐに目立つ良子と、背伸びして目立とうとする峰子。

その比べる対象の引退は、実は峰子の大きな喜びのひとつだったのだろうか。しかし、良子引退後、峰子にいい話がまったく来なくなったのも事実だったらしい。

峰子は今までの好機は自分の実力ではなく、良子からのお陰運だったことに気づき、落胆した。

後を追うように峰子も結婚した。しかし、子供にはしばらく恵まれなかったようだ。宗教を始めただの、住居を転々としているだの、男が何人もいるだのと、峰子は噂に塗れていた。

良子も第一子が生まれてから十数年の間、実を結ばず、やっとの思いで恵まれたのが師奈だった。英人が生まれてから、良子の人生はなかなか大変なものだったらしい。

峰子の初めての子が生まれたのも、この時期だ。

大きなお腹をした二人、良子と峰子の写真が一枚だけある。

ある程度、歳は取ったが依然、二人はきれいだった。太陽のように笑っている良子と、少し陰のある引き笑顔の峰子。良子の右手に中学生の英人が立っている。すでに身長は良子よりも少し英人の方が高い。英人は、今は見せることのない、カッとした笑顔で立っている。

師奈は2歳の時、大きな病気を患（わずら）った。原因不明の病に臥（ふ）し、長い間の入院生活を体験した。大人になった今もそのことは忘れ去ることなく、師奈が洋介に語ってくれたことがある。

父と母、祖母が交代で病院に泊まり込み、高校生だった英人も毎日、見舞いにきてくれたと。

その後、忽然と回復し、病は過ぎ去り、原因不明の病は原因不明のまま、後遺症もなく今に至ったのだと。

英人の性格が大きく変わったのも、この時期だったという。良子譲りの天真爛漫な少年から、常に批判的な虚をつく青年になった。漂う嫌みな雰囲気は、意図的に周りと距離を置くための鎧となった。

急に勉強に没頭し、人との接触は常に啀み合う。頭のいい英人は、人の話の裏を攻め、間違いを指摘し、ぐうの音も出ないところまで追い込み、小気味よく論破し、相手を最後の最後までじっくりと追い込む。

そして、静かに息の根を止めるのだった。

シニカルな英人の興味の対象は、仕事と溺愛する歳の離れた妹だった。師奈、師奈の母、師奈の兄……。三人を並べると独特の人生、あるいは翳りのある人生が浮き彫りになるような気がしてならない。

師奈が2歳で奇病に苛まれた時、心配性の師奈の父、省吾は胸を痛め、名医と聞けばどんなに遠くても足を運んだ。

そうまでしても曖昧な診断しか手に入らず、さらに心配を重ねた。小さな娘が苦しみの淵に立っているというのに、省吾はただ見守るしかなかった。省吾は父親になる前から繊細で優しかった。若い頃に良子が心ない噂に傷つけられた時も、この省吾の繊細さと優しさが良子を救った。

しかし師奈の奇病は、省吾のそんな繊細な心を砕くまでに苛んだ。心の芯の深く、深くまで苛んだ。

謎の奇病から謎の回復を遂げ、一家は平凡な日常に戻った。しかし、省吾は心配が過ぎたのか、急に廃人のごとく生気を失った。緩んだ目で一点を見つめ、溜め息と独り言を言うようになった。

すでに良子が知っている夫ではなくなり、師奈、英人の知っている父でもなくなってしまった。

省吾は痩せ細り、生気を何かに吸い取られたかのように感じられた。

英人は特に父との思い出が変わり果て、劣化していくことに苦しめられた。

省吾が良子に出会った時分、世の中は騒がしく、日本が大きく変化する最中だった。高度成長の真っ只中、世の中の若者は何が新しく、何が古く、これから消え去るものかを語り合い、最新のものを誰よりも早く手に入れたがっていた。

そんな折、良子は地方から出て来たにも拘わらず、奇抜な思いつきで面白いイベントを主催していた。主催というより、彼女のアイディアを周囲が面白がり、お祭り騒ぎの真ん中に彼女を担ぎ上げていた。

昼間は電機メーカーの一般的な事務職をする制服姿の良子。夜は一変し、キラキラしたお祭り騒ぎ。そんな中、彼女の心の静かさは、派手な世界にいても「清楚な品のある女子」として人には届いた。

しかし、創られた虚像の世界に確固たるものはなく、お金を騙し取る者、名声を得るために嘘に嘘を重ね、誰かを落とし入れる者も現れる。

そんな良子の苦悩を敏感に感じ取れるのも省吾の繊細さだった。良子はその木目細かい配慮に心打たれ、そして、この人の子供が産みたいと思った。

恋に落ちた二人は素早く新しい未来を創り始めた。

それからしばらくしての師奈の奇病だった。省吾には心配事のサイズが大き過ぎたのだろう。変わっていく父にも幼い師奈は寄り添った。

それを強い力で英人は引き離す。父が汚れた死神の血を引いているとでも思ったのだろうか。父を責め、その心の刃物で自分も責めた。

しばらくすると、父は立ち上がることができなくなった。食事もとれなくなり、点滴で補っていたが、ゆっくりとゆっくりと衰弱し、命の火は消えた。

一番苦しんだのは英人だった。英人は完璧に天真爛漫さを失い、虚無の世界を心に宿し、向かい合うすべての世界に疑いを持つようになった。

冷淡かつ繊細、神経質で実利者、疑い深く素直ではない英人になってしまった。

それでも良子は大きくなっていく師奈に、温かい父との思い出を語り続けた。天国で師奈の守り主になったのだと伝え続けた。

13

洋介は相談できる一人の男を思いついた。高校時代、お世話になった赤間先生だ。美術部の顧問であり、洋介が唯一、心を開くことができた存在だった。

赤間は恩師というより、恩人だ。描くことの原点を教わった。描く姿勢を彼の背中を見ながら学んだ。生きている自分の存在を描くことで、時代にマーキングする術を知ったとか。

当時、絵と向き合う赤間の姿は狂気を感じるほどだった。全身全霊、絵に命を吹き込む作業に明け暮れていた。

「いいか。魂がこもった絵ってのがあるんだ」

が口癖で、一度アトリエに籠ったら、数時間は出てこない。

食事も絵を睨みながらか、誰かと美術談義する時間に済ませた。美術談義の際には、禅問答のような問いが容赦なく学生達に投げかけられる。

「なぜ、マチスは最後に教会を手がけたのか？」

「コルビジェの描く絵から何を感じる？」

「ピカソの線の面白さは、なんだ？」

答えのない問いが生徒達の脳をくすぐり、混乱させ、興奮させた。

絵を描く姿は懸命に機を織る鶴のようだった。せっせせっせと職人のように描く背中は、蝉のようにも見えた。アトリエ全体に情念が浮かんでいるのではと思うほど、赤間先生の苦悩が渦巻いていた。〝濃い時間をあの頃、過ごしたんだなぁ〟と洋介は感じた。

先生の奇妙な噂を一度だけ聞いたことがある。

洋介が入学する数年前、天才的な絵を描く生徒がいた。美術部のアトリエを占拠し、気がつくと部員は全員いなくなっていたという。

誰も近寄らないアトリエのスペースで、その生徒は黙々と作品を仕上げた。

その絵とその生徒の存在を、怯えるように見ていたのが赤間先生だったとか。生徒の創り出す作品は狂気に溢れ、グロとエロを統合し、見る者に嫌悪を与え、その心を鷲摑みにしたとか。

一度見たら、意識を占領するような絵だったという。

コンペティションにはまったく無縁で、ひたすらプライベートに描かれた。

ある日、その生徒は絵を残し美術部を去った。一枚の絵を除いては。その一枚の絵を持ち、アトリエを出て以降、一度も姿をアトリエでは見かけることはできなかったそうだ。

画材も置き去りのままに、受験に専念すると言い残し、彼は去った。今、そのスペースは赤間先生のスペースとなり、生徒の残した作品がどうなったのかは不明なままだ。

それ以降、赤間先生は変わった。その生徒が乗り移ったかのように描き始めた。堰を切ったようにというが、まさしくそれだった。その赤間の脂がのり出した頃に入部したのが洋介だった。

PARIS 2015 TAKU

世俗に無頓着な洋介にとってそんな噂はどうでもよく、絵を描く姿勢、技、極意……など、赤間から吸収できるモノをすべて吸収したかった。

飲み込むように自分のものにし、次の日にはまた渇いた心を潤すように吸収していった。吸えども、吸えども赤間は新しい局面を見せ、洋介の脳を刺激した。

すさまじい二人の姿に、男子生徒は美術部から消えた。なぜか女子生徒だけが数名、残っただけだった。その存在の記憶は、洋介にも赤間にも残っていないだろう。二人は自分を掘り下げることに必死だった。

第4章

犠牲

14

「先生、お元気ですか？

今、また本当の意味で本気で、絵を描く時がやってきました。

お会いしたいです。洋介」

と、メールを送った。送ったと思ったらすぐに返信が来た。

「洋介君。私も君のことを思い出していた。

私も会いたいと思っている。来なさい。赤間」

あまりにも素早い返信に驚いた。

「先生は信じてくれるだろうか？」

少しばかり懸念もあったが、病院の近くの店の焼き菓子を手土産に、学校に向かった。

あの頃と同じ校門を潜った。懐かしさを感じるかな？　と思ったが、ノスタルジアなどなく、高校時代の鈍い痛みを思い出す場所でしかなかった。

仲間連中に漂うくだらない掟と美学、このまま社会に出ても君達は通用しないんだ、という見えない世界を語る大人の圧力。

ガツガツやっていた奴、へらへらした奴、ホワイトアウトして動けなくなった奴……何が正解かわからず、みんながもがいていた。

コレに決まっているじゃん、と感じる直感も、その時は共感者不在だった。今になって少しずつ答え合わせをしながら、この年齢になった。

女子の着る制服はあの頃と同じだった。これには洋介も驚いた。三本線のセーラー服だ。この制服、何度かデザインを変えようという話が持ち上がったが、このままがいいという、現行生徒からの意見もあり、変わってないと聞いていた。

ホントだったんだ。変わってないが故、あの頃の自分に溶けていく。

人生は記憶だと言われるが、その妙を感じる。思い出とリアルの境がなくなり、こっちの世界に引き込まれる。大林宣彦（おおばやしのぶひこ）監督の学園映画のワンシーンみたいだ。

それにしても〝あの頃、俺は何をしていたんだろう〟と洋介は思う。毎日、ここに通っていた。それは事実だが、不思議と夢の中のようでもある。

ただただ、言語化されないあの時の感情に浸っていた。校庭を直進し、グラウンドを左に見ながらさらに進む。何かグラウンドが揺れているように見える。ゆらゆら、ゆらゆら。

吹奏楽部の部室の前を通る。楽器の音が聞こえる。不快だ。なぜか不快だ。この音にどんな感情が反応しているかわからないが、反射的に不快感を連れてくる。

感情には目的がある。右に見える剣道場のさらに奥が、美術部のアトリエ兼部室だ。その隣が顧問の赤間の部屋だった。この小道を何度、通ったことだろう。この小道は洋介の何だったんだろうか？　演劇部の発声練習が遠くから聞こえた。

部室のドアは開いていた。

「先生！」

と、声を少し大きくして、学生の時のように言ってみた。奥から人が出てくる音がして、洋介はホッとする。

「あ、先生」

そこに立つ男は、洋介の知っている赤間ではなかった。

「お久しぶりです」

「お。洋介君！」

洋介の知っている赤間よりも、声のトーンが随分高く感じる。その上、視線が安定しない。ここかと思えば、あちらをという具合に目の行き場を変え、落ち着きのない赤間がそこにはいた。

体重も左に乗せたと思えば右へ、そして左へと、とにかく落ち着きがないのだ。浮ついた甲高い声。まるで腹話術の声みたいだ。

服がどうしたわけか、コンサバだった先生の面影はなく、言うなればサイケだ。どうも左と右のシャツの腕の長さが違う。きっとオシャレなデザインなのだろうが、絵の具が飛び散って、滑稽にしか映らない。

間違った絵描きピエロのような風貌だ。瞬きの回数が多い。高い声が鼻にかかり、時折、何を言っているのかがわからなかったりするが、どうでもいいことを正確に言おうとしている節もある。

「……なわけだ。絵を描くってことが、自分の生きている証だ」

と、一気に話したところで、

「お茶を淹れよう」

と、右手のグーで左手のパーを木槌で打つポーズをすると、合意を得るわけでもなく、奥に先生は行ってしまった。

部屋の中をチラチラ見ては、お茶が入るのを待つことになりそうだ。

額装されず、壁に画鋲で貼られた絵は日焼けし、時間薬が効いて、いい色になっている。描き上げた絵を床に伏せ、数年かけて時間が絵を仕上げるのを待つという作家もいる。時間という画材が、作品を完成に導くのだ。

毛が禿(は)げてしまった鹿の頭の置物も、旧式の版画のローラーも、洋介が学生だった頃からここにあった代物だ。今は朽ち果てた置物と、風変わりなオブジェになっている。

それだけ時間が経過したんだなと実感を得る。

奥で先生のお茶を淹れる(淹れているであろう)音が聞こえる。

この生活音が、洋介にとっての師奈の魅力だった。

師奈が現れたことで、生きる音が加わったのだ。

師奈のコーヒーを淹れる音、部屋を片付ける音、乱れたテーブル周りを整える音、冷蔵庫に買ってきた品物を入れる音……。音はその人の性格を表し、その人の心の状態も表す。先生のお茶の音がチャカチャカしていた。その間に洋介は、キャンバスが引きずられた床の跡を見た。何度も何度も、何年も何年も同じことが繰り返された跡だった。絵も擦れ、床も擦れている。決して古くない跡もそこには残っている。

「お茶、入りましたよ。アップルティ」

と、甲高く赤間が運んだ。

安っぽい林檎茶の香りが部屋に広がる。

「このお茶、懐かしいでしょ」

と何気に、オネエ言葉になった赤間が言う。「あ、あれはヒデちゃんね」と絵をチラッと見て、付け加えた。

「え？」

と聞き返したが、話はすでに忘れ去られ、次の話題を探しているようだ。

「先生、この絵は？」

「それはねえ、私の原点というか、その源っていうか、生徒が描いたものだけど」

赤間はズルズルと絵を引きずり出した。

絵を観た瞬間、虫酸(むしず)が走った。そして、その虫酸の走った後を興奮が追いかける。興奮は瞬時に脳に染み込み、パッと目前を明るくさせた。何だこの絵は⁉

白い地に昆虫の幼虫が蠢いている。中には他の幼虫を喰いちぎっているものもあり、決して、穏やかで、清らかなものではない。

肉を引きちぎる牙の根元に剥き出した歯茎は紫に染まり、吸い込んだ邪気を充血した目に溜める虫どもは、人間の醜い姿をなぜか想像させた。

腸が傷口から外に出ても、爛れ顔あたりに笑いを浮かべている幼虫もいる。腸は腸で、その奥から小さな虫が数多く潜んでいる。この虫の子供か？　陰鬱で耐えきれないほどの重い気持ちになるが、詳細に描かれた絵の中から次の真実を見つけると心が躍った。

相反する感情を引き出し、自由に楽しもうとするこれらの絵に、さらに不快感が募り、その不快感を引き出された驚きに、また喜んでいる自分を感じる。洋介もこの絵に魅了された。

どうも、赤間は行き詰まると、これらの絵を引きずり出して原点回帰するようだ。描く意欲、描くチカラ、描く物語が、これらの取り置きされた絵から感じることができると言った。

重量挙げの選手の気付け薬として使うアンモニアみたいなものだ。手が止まってはズルズルと引きずり出して、脳に刺激を与え、また炸裂した脳で続きを描く。心の混乱とバランスを取るために、外部に釣り合う何かが必要なんだと語る。

だから、作品が自分の心の翳りだったり、自分が作品の翳りだったりする。合わせて「ひとつ」なのだと。

その絵を見てからの後味の悪さ、後を引く記憶の粘着力。しかし、もう一度、味わいたくなる苦茶のような誘惑だ、と洋介は思った。

洋介は子供の頃、美術館が嫌いだった。こんなに沢山の素晴らしい作品が世にあるのだから、それを記憶の戸棚に整理して、いつでも取り出せるようにしなければと思ったのだが、それが精神的に重くなり、疲れてしまった。

しかし、ある時、一枚の絵と出会った。

「素晴らしい」とか「凄い」ではなく、洋介はその絵を「欲しい」と思った。

部屋に飾り、もしくは飾らなくとも近くに置き、ある一定の心情になった時、この絵に触れたい。

欲しい。「芸術の原点はこれか?」という糸口、入り口、切り口を見つけた気持ちになり、それを恍惚感にまで高めた。

仕組まれたコンペティション、名ばかりの賞レース、投資物件としての作品、インテリぶったお遊戯、組織と組織欲と、人間の自己顕示欲で作られたピラミッド型のヒエラルキー……。

どれも洋介の苦手とするもので、匂う端から逃げ腰になる。逃げ後れると飲み込まれ、自分が誰かわからなくなるからである。

洋介は窓の外を向き、眩しそうに、

「先生、これは誰の作品ですか？」

と、恐る恐る尋ねた。

お茶を音を立て啜りながら、

「昔の生徒のものだよ。もう随分前だ」

と言う。赤間は思い出したように、

「君と入れ替わりぐらいだったな〜」

と、のんびり言ったが、目はキリリとしていた。

洋介の方に赤間は体の向きを変え、

「本腰を入れたと聞いたけど……」

と、洋介に話すことを促した。

赤間の方へ洋介も近づき、

「はい。実は大変なことに巻き込まれています」

と言った。

「それは？」

と、赤間に聞かれ、少し躊躇（ちゅうちょ）した洋介は表情を曇らせながら、

「どこから話したらいいのかわからないので、思いつくまま話します」

と、前置きし、堰を切ったように話し出した。

15

「ある女性の命を救うために絵を描こうと思っています」

鏡から指示を出す黒い影の存在。それがきっと死神であることの説明をしたが、赤間は驚いたが疑う様子もなく、眉間に皺を寄せたまま、聞いている。

「死神は、悪魔崇拝の絵を描くことが……」

悪魔崇拝の絵を描くことが、その女性の命を救える唯一の方法だ、と説明し、死神はどうも、それによって力を得ようとしていること、その不条理が許せず、洋介は断固、戦う姿勢だと伝えた。

赤間が初めて苦しそうな表情になった。洋介は少し赤間に近づいて、その悪魔払い的な

絵を描こうとしている、そのことで、その女性を救いたいと願っていると、囁くように言った。そこで赤間が、思いがけないことを話し始めた。

「それは、恐ろしいことよ。洋介君」

「……わかってます」

と、小さく答えると、赤間が遮った。

「相手が悪い。相手が」

「相手？」

と、赤間を見返す洋介に、

「そう、その死神と戦うって……」

「はい。戦います」

「その女性も洋介君も、死ぬかもよ」

と、赤間は言った。

洋介はなぜかゾッとした。わかってはいたが、言葉にすると恐ろしい。概念で捉えていた死が、リアルなものとして人生に初めて現れた。

自分の命をこの問題の天秤にかけていいのか？　しかし、もう天秤にかかっている。

「死ぬのか……」

と、思うと呆然とした。呆然とすることで思考を止めた。

「描いたらいいんじゃない。悪魔の絵を」

と、赤間は言った。

洋介は瞬間的に怒りが体に走った。

「しばらくの間、心の目を瞑って過ごすだけじゃないの」

と、赤間は続ける。

「それはできません」

と、洋介が静かに落ち着いて言った。

洋介にはそれが許せなかった。これは洋介の性格だ。不条理に迎合(げいごう)することを嫌い、生きてきた。

よさでもあり、悪さでもあるが、遮二無二こだわる姿が人に嫌悪感を与えた。

描いてどうなる。もう何度も何度も心の中で反芻し、至った答えだ。洋介は描くことに心を決めていた。

「でも、死ぬよ……二人とも」

GOOD!

と、赤間も落ち着いて言った。

意識は恐怖で白くフリーズし、ホンワカしたところに逃げ込む。赤間の目を見ているが、〝歳をとったな、先生〟と、別のことを意識は考え始めていた。

もう一度、湯飲みを持ち上げ、啜りながら、

「昔、同じ状況になった生徒がいた」

と、赤間が言った。

「同じ状況とは？」

と、洋介は目を見開いた。

「同じ。まったく同じ。女の子の命と引き換えに絵を描けと。実の妹のね」

と、赤間は言う。

洋介とまったく同じように、絵を描いた生徒がいたというのだ。実の妹の命と引き換えにその生徒は悪魔崇拝の絵を描き、それを最後にこの美術部を去ったという。

実はこのアトリエに残る絵は、その生徒が習題として描いた絵だというのだ。人が命を賭けて描く絵の凄みたるや、何物とも比べ物にならず、その恐ろしくも美しい、凄さの極みを感じたくて、ここに置いておき、赤間は自分が描くエネルギー源にしているのだとわ

かった。

「死神に渡した絵はこんなもんじゃなかったけどね」

と赤間は、その生徒が描いた最終作品の出来映えを語った。

「見るのも恐ろしく、震え上がらせるような凄みと美の圧力があったわ」

と、目を瞑り、

「悲しさも、人の脆さも、憎悪も嫉妬も、せせら笑う冷気の様もすべてがそこにあった」

とも言って、湯飲みを置いた。

打ちのめされた者の心の悲鳴、それが封じ込められたその絵は美しく、恐ろしい。一度見たら忘れられない。二度と見たくないと思うが故、二度見してしまう。そこに芸術家としての嫉妬が赤間には溢れた。

自分の教え子である生徒の作品に魅了され、その作品は死神に持ち去られた。

描き上げると、その生徒は美術部をやめ、習題としての作品と、打ちのめされた赤間がアトリエに残った。

他の生徒はその生徒が命がけで描き始めた時分、荒々しい雰囲気に圧倒され、誰もアトリエには来なくなっていた。

残された赤間は一連の映画のような物語には興味を抱かず、残された習題を模写し、極みの世界に触れようと狂人のように描き続けた。その姿が周りにどう映ろうと気にならなかった。

一般社会に残った後ろ足が地から離れ、赤間が本当の意味で、芸術家になった瞬間だったのかも知れない。洋介が高校に入学し、美術部に入部したのは、赤間の人生がそう動き始めた直後でもあった。

ズルズルと絵を引きずり出しながら、

「これが英人の残したものよ」

と、赤間が言った。洋介は、

「英人さんって言うのですか？　なに英人ですか？」

「高山英人」と赤間の口から発せられた時、洋介は混乱の中に突き落とされ、しかし、その混乱の世界の向こう側に、脈々と流れる物語を微かに読み取った。

絵には臓器から出ようとする魔物が描かれている。それを見ながら、この物語の行方を追った。

洋介の意識は透き通り始めている。師奈は二度、狙われているのだ。

一度目、救ったのは兄、英人だ。だがそれは死神に屈した結果だった。二度目、今度は死神と戦おうとしている洋介に、師奈を救えるのか？

「その女性のお兄さんです。英人さんは」

目を引ん剝いて、

「は？」

と、赤間が呆然とした。

「もう一度、彼女は狙われているのか？」

絞り出された声がそう問う。

「そうみたいです……」

と、洋介は答え、窓の外を見た。

かなり長い沈黙が続いた。吹奏楽部の音が微かに漏れて、美術部のアトリエまで聞こえている。学校の放課後、まだしっかりした日差しが窓から入り込み、室内の温度を上げている。

一ヶ所だけ開かれている窓から風が入り、カーテンを揺らす。過ごすには一番いい季節でもあった。

「誰が死神を焚き付けたんだ」

と、赤間が言った。

「わかりません」

とだけ洋介は答えた。思いついたように、

「英人さんが描かれた時は、何が理由だったんですか？」

と、聞き返した。

「嫉妬だよ」

と、男声になった赤間が言った。

「嫉妬？　嫉妬とは？」

洋介が問いかける。

第5章 嫉妬の連鎖

16

絵を描いては、夜ごと語り合う関係にあった赤間と英人は、死神の一連の行動の真意を探るために、街の外の山麓（さんろく）にある霊媒師を訪れた。

これまでのいきさつを静かに聴き終えた霊媒師の老婦は、匂いの強い香をさらに匂わせながら手を合わせ、真言を唱えた。

数分の時間が経ってから、老婦が話し始めた。

彼女は死神に狙われているが、その死神の後ろ盾は生きている女性だ。英人の母の友達に、母に大変嫉妬を感じている者がいる。嫉妬が極まり、娘である師奈の存在も嫉妬の対象となった。それが今回の流れになっている。

しかし、その女、自分の念がこのような事態を引き起こしているなどとは気づいておらんと、老婦は言った。

「なぜなんです？　気づいてないとは？」

二人は前のめりに老婦に言った。

「無意識じゃよ。無意識の嫉妬なんじゃよ」

と、老婦は困った風に言った。そして……。

「死神の好むようにしてあげなさい。あなた達では立ち行きがならんようじゃ」

と答え、奥に消えていった。

無意識の嫉妬。知らぬ間に一人の無意識がある人を妬む？

その話を聴いて、一人の女性が浮かび上がった。母の親友だった佐藤峰子だ。母が結婚するまでは、いつも仲良く一緒にいた女性と聞いている。

そんなことが無意識レベルのドラマとして起きるならと思うと、違う物語が見えてくる。深層意識にある言語化されてない感情の固まりが世に放たれ、死神をも動かすような力になったというのだ。

その老婦が語る話に二人は納得し、消沈した。

佐藤峰子は母の親友だった。共に笑い共に泣き、若かりし頃、ほとんどの時間を一緒に過ごした。しかし、心の奥底でそんな恐ろしい物語が進行していたとは。

峰子にとって師奈の母、良子は大切で、そして確かに、疎(うと)ましい存在だった。

どんなに努力しても良子には敵わなかった。自然と人が良子の周りには集まり、運もお金も人気も自然と備わっていた。そのお陰で峰子は沢山の得をした。

益々峰子はいい気になったが、その分、努力もした。美しくあること、マメであること、優しくあること、よく考えること、行動的であること……。

熱があっても、笑顔で集まりに顔を出したりもした。しかし、どこかで良子と比べてしまう自分がいた。

気になる男がいた。ひょんなことで峰子はその彼を良子に紹介する。紹介しようと思ってしたのではなく、紹介するというカタチになってしまったのだ。

そして、急展開を見せ、その男が良子と結婚してしまった。その瞬間にその男を好きだった自分に峰子は気づいたのだ。

酒を心臓に染み込ますほど飲んだ。飲んで記憶ごと失くそうとした。いいこともあった。いつも比べる対象だった良子が結婚を機に、晴れの舞台から姿を消した。イベントやお祝い事にも現れなくなった。

その時、峰子は知ったのだ。今までのキラキラしたそれらは、峰子の努力で手に入ったモノではなく、良子のおこぼれにあずかっていたということを。

間もなく峰子も結婚をすることになった。

不幸な人は不幸に敏感だが、幸福には鈍感だ。その人が何に敏感に生きるかにより、人生の方向性が決まる。心に呪いの歌が流れている人は呪いの物語を生きる。

峰子の体温は低い。体が悲鳴を上げている。「私はこうあるべき」という、選択肢のない答えが目の前にあり、それを遂行するためにガツガツとやってきた。

騙し討ちをすることもあった。すると峰子の周りには、峰子みたいな人間が集まる。執着を手放すと、タイミングよく必要なモノが現れるというが、峰子は逆だった。

執着を手放すとは諦めることで、負けることだと逆に努力を重ねた。子供から大人になる時、大人の女性になる時に、学ぶべきことを学ばずに過ごしてしまったのかも知れない。

心の暴走を、暴走と思わず、よいことをしているという善意によって支えられている。峰子の執着心はタチが悪い。

帰りの車の中の鉛のような沈黙の時間を、赤間は今も鮮明に覚えている。眠ったのかと英人の横顔を見ると、見開かれた目と、怒りと落胆が混ざり合わさった眼球がそこにはあった。

何かを言葉にしようとしたが、残酷ながら自分に降り掛かったものではない安堵感が正直、赤間の心にはあった。

「どうするんだ？」

と、やっと言葉になった時には、英人は冷静な気配の中で、心を決めていた。

「描きます。死神を喜ばせてみせましょう」

と、不気味な決意を赤間に伝えた。

その後、アトリエはどの時間でも英人の念で埋め尽くされ、異様な雰囲気を漂わせた。

「幽霊が出そうで怖い」

と、数名が言い出したが、赤間は、

「気のせいだ」

と、一喝し、英人の好きなようにさせた。次々と描かれる絵の端々に、英人の命が切り取られ、貼り付けられているようだった。

赤間の心はその度に掻きむしられ、自分から堪らず溢れ出る嫌悪感に驚いた。知らない間に、赤間は英人の才能に嫉妬したのだ。

英人の作品に触れると、焦りと虚脱感が噴き出した。英人が去った後の赤間の心に火をつけた。

それら蠢く感情のその奥には、画家としての学びや気づきがあり、そこに繋がることで、赤間はいつの間にか英人の絵に心酔していったのだ。

英人は創作活動以外の時間、治まらない狂気と熱を勉学に打ち込んだ。何かに打ち込まないと、死神と取引をしているという現実と恐怖で、自分が押しつぶされそうになる。頭の中のキャンバスを真っ黒に塗り込んだ。

さもないと、絵として描き出される幼虫達が頭の中で成長し、成虫になるのではという妄想に苦しんだ。

ときたま、虚を突いて訪れる死神の恐怖を、赤間だけに伝えた。今、洋介がしているように、赤間は安全地帯としての位置に立っていた。

絵を描き進めていく中で、英人の顔は暗くくすんでいった。

しかし、自分が誰かの命のために生きている使命と、それが妹の尊い命を救えるのだという喜びを、英人は感じていた。母に近かった人間の憎悪や嫉妬が死神を呼び寄せ、その母のもっとも大切な存在を苦しめる。

死神は取引を求めて、英人に迫り、悪魔崇拝の絵を描かせて、力を得ようとする。

人ではない念が持つ欲に、英人は苦しみ、突き動かされていた。絵が仕上がり、死神の手に渡った。その日から師奈は嘘のように回復し、英人はやっと解き放たれた。その重い、憂鬱な日々から。

その後、耳にする惨事を死神に関連づける癖が、英人に苦しみを与え続けた。それは赤間も知らない英人の苦悩だった。

力を得た死神が、さらに多くの人々に苦しみを与えるのではないかと、英人は自分に罰を日々与え続けた。そんな力を死神に与えた張本人は自分で、間接的に沢山の人達を苦しめているのは自分ではないのかと考えては、自分を責めた。

英人の真面目な性格が、英人を真面目に虐め抜いた。英人の冷たい性分は、他者にだけ向いているものではなかった。英人は冷たく自分をあしらった。

だが、赤間は赤間で苦しみを味わっていた。

自分の息子のような年下の生徒が、命がけで絵を描いているのだ。出来上がる作品、ひとつひとつが赤間を苦しめた。

英人の性格上、いきなり仕上げの絵に向かうことはない。ひとつひとつのアイテムを習題として何度も描き、仕上げ、それらを組み合わす手法を取った。出来上がる作品は徐々に筆数が少なくなり、半比例するように存在の濃さを増した。

裏切ることのない仕上がり度合いに、打ちのめされる赤間。立ち止まることなく先を急ぐ英人。妹が苦しむ時間を少しでも短くと思うと、英人はまた一歩、狂気を増した。狂気が増すごとに、英人の心の中の静寂は濃いものとなった。

英人が去った後、アトリエはしんと静まり返る。が、赤間には残されたエネルギーの渦が、ガヤガヤと空間を揺らすのが感じられた。英人の狂気がそうさせたのか、生み出された作品がそうさせたのか。赤間の出した結論は両者だということになる。

描いている途中の絵を眺め、赤間は英人の技法を盗んだ。英人に教えることなど何もない。模写をし、落ち込み、また這いつくばって自分を奮い立たせる。英人も戦ったが、赤間も違うものと戦った。

だが近づかないのだ。何度描いても英人に近づかない。

「熱」が違った。「狂」が違った。「念」が違った。何よりもその「動機」が違っている。目には見えないが存在する何かが英人の絵にはあった。歴史上の巨匠達にもある、それがあった。

英人は妹の命のために描いた。

赤間は芸術家として描いた。

洋介は何のために、誰として描くのか？

師奈の命のためなのか？

いや、死神への、不条理への怒りが彼を動かしていたのだ。

17

高校生時代、赤間の下で絵を学び、狂おうとする赤間の近くで、確実に狂った洋介。キャンバスに向かうと時間を忘れ、時には目が充血し、時には溢れる微笑みに周りを怖がらせ、時には……、時には……。

出来上がる作品は、各コンペティションで高い評価を得た。しかし、洋介はそれらの裏側にある大人の事情に気づいてしまった。曲がったものが許せない洋介はアナーキーとなり、自分の絵の力を利用し、嘲笑うかのように、大人の仕組みに立ち向かった。

賞を受ける作品よりも、あからさまに上手く描いた。洋介がやりたいのは上手く描くことではなかった。それを逆手に取って、描きたい作品だけの個人的な展覧会を開く。

学生時代から頭のよさに、洞察力の深さと、小賢しい手腕も添えて、ネットビジネスで好きなだけ稼ぐこともできた洋介にとって、個人的な展覧会を開くことは簡単だった。

きっとパトロンがいるのだと、世間では噂された。赤間が後ろで操っていると、赤間は貧乏くじを引かされたりもした。

展覧会は、見る者、訪れる者が「結局、世の中の賞を取る人って……」とわざわざ、明るみに出るようにと意図して、やった。

まさか、高校生がそんな策略を持ってやっているとは思われないことも、隠れ蓑になった。時間経過の中で、数多くの敵を洋介は作る。それでよかった。それが洋介の喜びでもあった。ネットで稼ぎ、海外のマニアックなアートショップにｚｉｎｅを発刊し、人気を得ることで、自分の身の丈を測った。

しかし、赤間にはその測るべき「何か」が欠けていた。いや、あの時の「英人の狂気」だけが物差しとなり、今も赤間を狂わせ、苦しめている。

洋介には死神を成敗する自信があった。

師奈のいない人生はすでに考えられない。死神を成敗し、師奈を取り戻す。

死神の言いなりになるというのは洋介の性格上、考えられない。戦うのだ。ダメなら散る覚悟はできている。心の深い部分は静かに静かに準備を進めていた。

師奈を愛している。師奈のエネルギーが好きだ。師奈がいると、自分の体温を彼女から感じる。師奈しか実は洋介のことをわかってくれていないと、師奈も洋介も、暗黙のうちに知っていた。

体が発する体温がそうさせるのか、触れ合う肌がそうさせるのか、絡み合うエネルギーがそうさせるのか。

結果、そうさせていた。普通の愛し合う者達とは違った。

師奈と初めて交わったのは、絵をストックする部屋だった。後ろからしがみつく洋介に師奈は何の抵抗もなく従った。立ったまま、服も脱ぐことなく交わった。

そうなることが自然であったように時間は過ぎたが、果てる時に師奈は作品を気遣い、慌てていた。

それが、何だというわけでもないが、洋介は小さく驚き、師奈のことがさらに好きになった。

洋介は他の男と少し変わっていたが、師奈も変わっている。二人の姿を見た者は、二人をどう思うのだろうか。

そもそも、このことを知っているのは地球上でリン子しかいない。秘められた空間の秘められた行いで、ある意味の儀式でもあった。無形の空間芸術、インスタレーションでもあった。

その師奈に死が迫っていたが、どこかで洋介には秘めた自信があった。自分は絶対負けない。死神が負ける。

疲労困憊しながら、本当はそのことを楽しんでいるのかも知れない。不条理と戦う時、いつも洋介は力を得た。

そして、洋介に抱かれる度に、師奈は力を洋介に与えた。それは師奈の喜びであり、洋介は作品を仕上げることで師奈に感謝を返し続けてきた。


赤間が急に立ち上がり、後ろの棚をガサゴソ探し、

「これを持っていきなさい」

と、何かを手渡した。

渡されたのは強い匂いを発する香(こう)だった。

「英人が老婦からもらい受け、アトリエで使っていたものの残りだ」

と赤間は手渡した。

アトリエに死神が近寄らぬように、その香を手に塗り込み、筆を持っていたらしい。ア

トリエを去る時も、赤間に死神が寄らぬようにと、英人は気遣っていたようだ。

冷静で、頭のよい英人は、案外、温かく優しい男なのではと洋介は思う。しかし、あの周りに漂わす鼻持ちならぬ空気は、洋介のイチバン嫌だと思う心の場所に触れるのだ。

その人の醸し出す空気や、その人の肉を剥ぎ取ると、その人の魂が現れる。本当のその人に触れることはできるのか？　その人の中に棲んでいる、本当のその人に出会うことはできるのか？

人は周りにいるすべての人に「この人はこういう人だ」というレッテルを知らない間に貼っている。

その人と触れることなく、そのレッテルとお付き合いをするのだ。もしかすると、人は誰と触れ合うことなく、たった独りで人生を生きているのかも知れない。

お互いに与え合ったイメージの中で、まるで一緒に過ごしているが如く感じるが、初めからずっとすれ違いをし続け、自分が作ったストーリーだけを生きているのではあるまいか。

しかし、少なくとも師奈と洋介はそうではなかった。無意識のレベルで、すでにそうじゃないということも知り合っていた。

俯瞰に俯瞰を重ね合った存在で、死をも、肉体の存在をも、時間の概念や、意識の創り出すドラマをも静観し、楽しんだ。師奈と洋介の言葉にならない二人だけの言語が存在し、それを深め、広げることが洋介の創作活動となり、師奈の一番の楽しみであったのかも知れない。

そんな意識空間が消える⁉　洋介にとっての悲しみはそれかも知れない。師奈はそれをも達観し、次のステージに進んでいると感じた。

「お腹が空きましたね」

と、洋介は、髪が垂れた赤間先生の目を覗き込む。

「私は話し疲れました。いつでも連絡をください。少し横になります」

と、赤間は言いながら、奥の部屋に少し足を引きずりながら向かった。

「先生、ありがとうございます」

と、洋介。少し間を置いて、赤間は振り返る。

「用心しなさい」

と、力なく答えた。

帰り途中のうどん屋、洋介はフラフラしながら店に入った。体内のエネルギーが枯れ、手の平がジリジリ痺れた。胃の中には何も入っていない。

「肉うどん」と言ったが「食券を」と冷たくあしらわれ、慌てて購入する。腹が減り過ぎている。いろいろなことが起き過ぎている。

やっと手元に届いた肉うどんは、汁がぬるい。麺はぎこちなく、ネギは乾燥して、浮いている。

「最悪だな」

と思ったが、胃は違うご意見のようで、息をすることなく次々と飲み込んだ。

肉はプンと匂った。肉を汁に置き去りにした。麺をたいらげ、最後に肉だけ残し、汁を飲み干した。最後の最後に添加物の味が舌に染みて、すべてを終えた。その瞬間、

「英人さんに会おう」

と、思った。

18

「洋介です」

と、即座に赤間先生に聞いた番号に電話する。

「君か」

と、ツッケンドンに英人は言い捨てた。

「お話があるんですが」

と言うと、

「赤間先生から連絡をもらったよ。私も君と話したい」

と、事務的に言った。

日本の道には電信柱が今でもこんなに沢山あるんだなと思った。待ち合わせの場所は特徴もない辺鄙（へんぴ）な場所で、うどんに入っていたネギを歯間に見つけながら、洋介は立っていた。

疲れから意識が遠くなりそうだ。乾いたネギは今も乾いたままでジャリと音をさせて、奥の方から新鮮なネギ臭を放った。

「フ〜」と息を吐き、意識を整えた。半眼にし、光を減量し、判断を手放した。英人の欧州車が滑り込んできたのはそのタイミングだった。

「乗りたまえ」

と、言ったのか、

「乗りなさい」

と、言ったのかわからなかったが、乗ることを許可され、促された。車は新車のように感じたが、英人の性格上、丁寧に乗っているのだろう。

車内の匂いの中に先ほどの香が微かに匂った。赤間先生に頂いたものか、英人から匂うものかはわからない。

「死神の言う通りになぜしない？」

と、唐突に英人は切り出した。

少し運転席側に体を向けて、

「師奈も僕と同じ意見だと思います」

と、洋介は言った。

「お前などが戦える相手ではない」

突然、語気を強めて英人は言った。

「僕は戦います」

と、言い終わるか、言い終わらないタイミング、で英人が断定的に言った。

「師奈もお前も死ぬことになるぞ」

概念として語る死は美しい。

が、実際、目の前に「なまもの」として現れた死の存在に、洋介は呆然となるしかなかった。英人は冷静だった。師奈の兄として、師奈を守ろうとしている。

同じくそうしようとしている洋介に、説得力が欠けるのは、まだ死神の本当のチカラを知らないからなのだろう。

ただただ、流れる風景に意識を流しながら、無言で時間を過ごした。英人も無言だ。

「師奈もお前も死ぬことになるぞ」という言葉の重みは、英人の中にある確信が音声となり伝わったことで、言葉以上の重みを洋介に与えた。

言葉には「活字としてのチカラ」と「音としてのチカラ」がある。バイブレーションを感じ取るセンサーが誰にも備わり、コミュニケーションは成立しているんだな、などと考えている自分が滑稽だと、洋介は思った。

大問題を目の前に、意識は枝葉に流されてしまい、幹を見失ってしまいそうだ。

「粋がっている君にはわからないことだが、このことは私に従ってくれないか」

と、ハンドルを持ち、何もなかったように英人は言った。

それも無言で受け止め、洋介はじっとしている。英人は続けて、

「相手を知ったら、私の言っている意味が君にもわかる」

と言い、お世話になっている霊媒師のところに今、向かっている旨を伝えた。

その後、会話はなかった。車の中の静寂は雄弁で、洋介に重くのしかかった。

呼吸を整え、半眼にし、判断を停止し、意識を解放することで、洋介は心のバランスを取る。だがいつものようには安定しない。英人のなんらかのエネルギーがそうはさせないのだ。真剣を持つ二人の侍が睨み合ったまま、心の中の戦いをやっているような、そんな間だった。

商店街の真ん中で車は止まった。周りの雰囲気に不似合いな欧州車から二人の男は降りた。雀荘の脇の小さな階段を下ると、何も書いていない古びたドアがあり、英人は呼び鈴を押した。

街外れの山麓から霊媒師が商店街の地下に移転したのは数年前だ。あれ以来、自分に罰を与え続けてきた英人は、苦しみに耐えきれなくなる度にこの場所を訪れた。

鍵は開けられたが、ドアを開いても誰もいない。薄暗い部屋に慣れたように英人は入っていく。赤間から頂いた香と同じ匂いで部屋の中は満ちている。見たことのない如来像が

あり、数々の色石があり、古い農耕機具も置かれている。ここだけ時間が止まっているような、そんな部屋だ。

奥にホンワカと火が灯り、老婦が座っている。ゾッとする光景にも見て取れたが、これがその霊媒師かと興味の方が勝った。

英人が座る。その横に座れと英人に目配せされ、洋介も座った。

「この者がその男だな」

と、目を瞑ったまま老婦は顔を傾け、穏やかに言った。

「そうです」

と、言った英人の声は嗄れていた。長い間、話すことなくここまでやって来た。そんな嗄れ声だった。

老婦はドラマのように水晶玉を出し、それに手をかざした。その手の上に英人もかざし、目配せで英人が、洋介にもそれをしろと促した。手をかざした瞬間、意識の中に閃光が走った。驚いた洋介は一度、手を引っ込めたが、すぐに英人と、目を瞑った老婦の、洋介に寄せた雰囲気に手を元のようにかざした。

千里眼のように風景が見える。師奈が横たわっている。師奈の部屋には煙のようなモノが立ち籠めている。それに近づき、意識をその煙に突っ込んだ。老婦が「ウゴッ」と声を上げ、手を一度、引っ込めた。

目は瞑ったままだが、驚いている。英人は、

「あの時とは違いますね」

と、老婦に話しかけた。老婦は頷き、もう一度手をかざす。

洋介にはそこに爬虫類のような生き物が見えた。ヌルヌルした液体を身に纏い、とぐろを巻く生物が師奈の上に跨って(またが)いる。舌は赤く、二つに割れ、目は吊り上がり、師奈を睨んでいる。

英人が汗を大量にかき始めた。老婦が目を瞑ったまま、眉間に皺を寄せ睨みを利かす。

「お前は誰だ?」

と、低い声で聞いた。

その瞬間、気味の悪い爬虫類の像の向こうにリン子が一瞬、浮かび出た。

「この女は?」

と、老婦が聞くのと同時に英人が、

「妹の親友です。藤田リン子といいます」

と言う。

「この女の無意識の嫉妬が師奈を苦しめておる」

と、老婦が言った。

その瞬間、老婦の「なぜだ？」という表情が「わかった」という表情に変わった。

「この女は峰子の娘じゃ」

と、老婦が声を絞り出し、言った。

「え？」

と、英人の目は見開かれ、

「峰子さんは母の親友だった人です。あの時の……」

と、なぜか敬語で洋介に言った。

師奈が2歳の時の死神は、母親の親友だった峰子の嫉妬心により呼び出され、師奈を襲った。そして、今回は峰子の娘である藤田リン子の嫉妬心が、死神の引き金となっているというのだ。結婚して名字が変わってしまっていたため、想像だにしない展開に困惑した。

「なんということだ」

と、疲れ切った英人の顔が下を向いた。

「辛いことになったのう」

と、老婦が言った。

洋介は、病院に駆けつけた時、リン子が「私なんです」そして「私のせいで……」と言った言葉を思い出していた。

「このことをリン子さんは知っています」

と、洋介が言った。

「とにかく病院に向かいます」

と、英人は言い、洋介に急ぐようにと催促した。老婦は、

「こんな化け物は見たことがない。困った。これは困った」

と、ブツブツ言いながら、

「これを持っていきなさい」

と、小さな箱を渡した。その中には例の香と小さな水晶が入っている。一刻も早くそのリン子とやらが放った化け物に、この水晶を突きつけなさいと老婦は言った。

そして最後に老婦は、

「この師奈の中には新しい生命が宿っておる」

と、付け加えた。洋介の時間は止まった。
「師奈に赤ちゃんが……」
その瞬間、英人の時間も止まった。

19

師奈が倒れた日、病院に一番に駆けつけたのはリン子だった。洋介に連絡を取り、親御さんと挨拶をし、少し落ち着いたタイミングでトイレに行った。用を済ませ、手を洗う時、鏡を覗き込む。

化粧は朝からのバタバタで崩れ、酷い顔をしていた。目の下のクマは、疲れの度合いをクッキリと表している。指の先の腹で頬を上げるようにマッサージをした時、リン子の鏡の後ろが動いた。慌てて振り向いたが誰もいない。鏡に視線を戻すと、リン子の後ろに死神がピタリと身を寄せ、立っていた。ビクンと体を跳ね上げた恐怖心で、リン子は動けなかった。

ジロリと死神はリン子を見下ろしている。何秒だったのか、何十秒だったのか、リン子と死神は目を見合ったまま突っ立っていた。頭の中で死神は話し始めた。自分が死神であり、師奈の命をもらいにやってきていることを饒舌(じょうぜつ)に語った。

「なぜ?」

と、リン子が言おうとすると大きな声で笑った。

「お前が望んでいたからさ」

と、もう一度、笑った。

リン子は信じられなかった。言語化されてない感情のレベルで師奈を嫉妬し、呪い、死神を呼び出してしまったことを知った。

確かにリン子は洋介を好きだった。そんなときに、アシスタントがいなくて洋介が困っていると知ったのだ。都合よく、身体が空いた師奈を紹介したが、その二人が急接近する途中に、淡い気持ちを捨てた。捨てたつもりでいた。怒りは師奈ではなく自分自身に向けていた。いや、向けていたつもりだった。

死神は師奈の命か、洋介の悪魔崇拝の絵が欲しいという。生贄(いけにえ)を好み、崇拝の儀式を好み、人の憎悪や嫉妬、妬む心を栄養素のように吸い、勢力を拡大する闇の存在だった。

リン子の無意識が死神を呼び出してしまったのだ。それを知ったリン子は震えた。死神の存在に震え、死神を呼び出してしまった自分の無意識の嫉妬に震えた。師奈の命を脅かしているのは自分なのだと震えた。

リン子は公園にいた。ベンチに座り、両手で頭を抱え、髪を掻き毟った。泣いている。周りの子供達の無邪気な遊ぶ声に混じって、リン子の嗚咽（おえつ）が響いた。

何が起きているかわからない。師奈が死の淵に追い込まれている。その原因は私。顔が真っ青になり、全身がわなわなと震える。耳の奥でキーンという金属音が聴こえるような気がする。

自分でも把握できない感情が恐ろしい化け物を呼び寄せ、ひとりの人生を終わらせようとしている。

師奈、ごめんね。私が悪いみたいなの。でも、私だけのせいじゃないのよ。あなたが私の好きな洋介さんを奪ったからなの。

奪ったといっても別に洋介が本当に好きだったわけでも、付き合っていたわけでもないが、師奈が洋介と近くなるにつれて、なんとも言えない感情がグルグルグルグルと動き出していた。

「いいの、いいの」と言い聞かせていたのに。

私、洋介さんを愛していたみたい。師奈はいつも笑顔でみんなの注目の的。私はアルバイトのモデル。なんか、差があるんだよね。でも、腹を立てていたのは師奈にじゃなくて、私自身にだったの。紹介したのも、魅力がないのも私だから。

「師奈、許して。私、そんなつもりじゃなかったの……」

と、誰にともなく言った。

第6章 死闘

20

車の中で洋介も英人も無言だった。無言で終始、二人は同じ顔をしていた。一文字に口を閉じ、意志の固い眼球(めのたま)で前を睨んでいた。

師奈に赤ちゃんが……。混乱し、沸騰しようとしている思考を一気に冷却し、整理し、方向付けする顔だった。

リン子の無意識の嫉妬が死神を呼び出した。親子二代の憎悪を受ける師奈。グルグル、グルグルとそれらが頭の中を巡り続けている。グルグルと、グルグルと。

運転中の英人が口を開いた。

「死神と戦うのか？」

じっと前を見たまま言った。

「はい」

と、洋介は答える。迷いはない。

「師奈ともうひとつの命を救えるのか？」

と、英人は言った。

「僕のできることはすべてやってみます」

と、洋介が言うと、また沈黙が続いた。赤信号で止まると、

「今から絵を描きなさい」

と、今度は体の位置を変えながら、英人は助手席の洋介の目をじっと見て言った。

「はい」

と、洋介は言い、家の近くの交差点名を伝えた。しばらくの間、沈黙が続く。そして告げられた交差点までやって来た時に英人が言った。

「私は戦うことを避けた。しかし、それがまた違うカタチで戻ってきてしまった。今は師奈と君の命の問題だけではない。自分でよく考えて決断して欲しい。そして……」

と、洋介の目をさらに覗き込んで英人は言った。

「そして……この負の輪廻(りんね)を止めて欲しい」

と。目を瞑り、小さく頷いて洋介は車を降りた。一度も洋介の方を振り向くことなく、英人は車を走らせた。

傾いた太陽に飴色が加わり始めた。秋の始まりにしては蒸し暑い。洋介はアトリエへ向

かった。自分の荷物の中から香の匂いが漂う。

麻布十番は陽気な雰囲気を醸し出している。鯛焼き屋の前に行列が見える。豆をお菓子にした有名なお店にも人がイッパイだ。洋介は興奮していた。もう迷いはない。鼻息荒くなる自分を抑え、呼吸を整えながらアトリエへ戻った。

カバンを机の上に置くと、その中の荷物を丁寧に取り出した。机の上に、ひとつひとつを並べる。〝ここにあったんだ〟と鉛筆削りに気づいた。赤間にもらい受けた香を一番手前に置いた。それ以外の物をまた、カバンに整理し、戻した。

洋介の手の動きに何かが加わっている。オーケストラを指揮するコンダクターのように、音楽を奏でているようだ。リズムが加わり、丁寧だったり、大胆だったり、手術を行う医師のようでもある。それだけが独立した生き物のようだ。

もう絵を描く儀式が始まっていた。絵の具を並び替える。同色系をグループにし、筆を整えた。紙パレットの古い物を捨て、真っ白い物にした。目を瞑り、手の平をゆっくりと擦り合わせる。ふ〜っと息を吐いた。

何かに気づいたような表情が洋介の顔に浮かんだ。

バタバタと廊下を小走りし、シャワーブースに入る。熱いシャワーを浴びた。シャンプーを丁寧にした後、急いで体を洗い終える。疲れも迷いもすべて水に流されたような気持ちになった。

気持ちのいい素材のショートパンツと、お気に入りのTシャツに着替える。新しいキャンバスを用意する。

真ん中に鉛筆で大きく円を描く。下書きを普段はしないが、今日はこんな気分だ。キャンバスを擦る鉛筆のジリジリ、ジャリジャリの音がする。

薄く溶いた緑を円の右下、円の外に乗せる。薄いオレンジを左上から右上に。黄色を円の中に。そこまで描き終えて絵から離れ、目を細め絵をみる。心の目が絵を仕上げる。その薄い色が頭の中で濃く変色し、出来上がりの絵を見せてくれる。洋介はニヤリとした。

「描ける」

と、確信した。

21

その頃、師奈の母は、病院の廊下の椅子で眠りに落ちそうだった。疲労が溜まって、目の下にクマができている。眠りに半分落ちたところで、母は師奈の声を聞いた。

「お母さん、心配させてごめんなさい」

とはっきり聞こえた。側に師奈がいるのでは、と母の良子は周りを見渡した。

それは目が覚めてそうしているのか、夢の中でそうしているのかも定かではない。明晰夢だろうか？　明晰夢とは、自分で「これは夢だ」と自覚している夢のことだ。それほど師奈の声は、迷うことのない安定したものだった。

「私を心配しないで欲しいの。私は大丈夫。もうすでに私の身に起きていることを受け入れています」

あまりにも安らかで平和な師奈の声に、良子も安心感を受ける。師奈はこの一連の出来事を受け入れていると言う。すべてを受け止めて手放すことで、師奈の魂が「光の業」をやっているというのだ。

人間の魂は好奇心のままに生きる。人間が食物を摂取し生きるように、魂は感情を摂取している。物事が起き、受け止める。すると感情が湧き上がる。それが魂の体験だ。

その後、それらを手放すこと。それを常に繰り返すことで、光の業は完結する。

二度の臨死体験により師奈は悟った。

起きていることが現実を作るのではなく、起きていることを、自分の心がどう捉えるかにより現実はできている。そして、その時浮かんでくる感情を手放すことにより、光と一体化できることを知った。

壮大な広々とした世界から師奈の声は届き、良子は涙した。それは悲しみの涙ではない。こんな状況でも師奈がそれを受け止め、手放そうとしている現実にただただ涙が流れた。

ゆっくり、息を吐いた。そして、ゆっくり息を吸った。ゆったりとした呼吸に、そこが病院だということも忘れてしまう。

良子の子供の頃の姿が現れた。無邪気に遊んでいる。なにかわらべ歌を歌っている。その声が途中から師奈に変わっていた。ゆっくり息を吐いた。

「母さん。ここで眠っていたら風邪をひきますよ」

英人の声に良子は目を醒ます。ゆっくりと深い瞑想から現実に戻った。

疲れた表情の英人が立っている。良子は「ありがとうね」と言って、首を右に傾けポキッと音をさせた。次にゆっくり左に傾けポキッと。目を閉じてゆっくりと顎を上げ、喉の皮膚を伸ばした。正面を向き、目をゆっくり開けた。

「今ね、師奈と話していたの」

良子は真っすぐ前を見たまま話し出した。

一方的に師奈が自分の意識の中に忍び込み、平和な声で語りかけてくれた様子を英人に伝えると、英人も〝それはよかった〟と力ない相づちを打った。

師奈の魂はすでに事態を受け入れ、その行く末をコントロールすることなく手放している。それが師奈の魂の業であり、執着しないことに執着しているようだと、英人に良子は少し嬉しそうに伝えた。

英人は頷きながら聞いている。母と息子の穏やかな時間が経過した。事が起き、受け入れるまでの英人はイライラしていた。

また、その後、方法を摸索する間の英人は焦っていた。今は待つしかない。洋介が絵を仕上げ、死神と戦うその時が来るまで、待つしかなかった。
英人が顔を上げ、集中治療室の師奈を見た。師奈はゆっくりと眠っているようだった。この事態を誰よりも俯瞰して眺めているようにも見えた。

目の前の事態を体験する。そのとき心がどう判断し、反応し、感ずるのかを観察する。起きていることが得なのか、損なのか、それをどう感じるのかを洋介は観察していた。そして、起きていることをそのまま受け入れる。それをどう感じるのかを洋介は観察していた。そして、起きていることをそのまま受け入れる。作為やコントロールを手放す。そうなることで、事態はどうなるのかを眺める。

今、師奈はそうしている。深い呼吸をし、湧き出る感情を、少し離れて見ている。湧き上がった感情を手放している。

そんな師奈に洋介は恋をした。
排他的にすべてを削ぎ落とし、モノトーンの最小限の世界観の中に身を投じ、現代の僧のごとく生きていた洋介。そこに唯一、色彩を持ち込んだのが師奈だった。
違和感なく洋介の世界に馴染み、華やいだ。紛れ込む異質な存在に違和感を覚えないことに洋介自身が驚いたのだ。そして恋に落ちた。それは自然なことだった。

現状を体験し、感じ、受け入れ、コントロールを手放す師奈の様の中に、清々しい潔さを見出した。新鮮な存在は洋介の世界で大きく膨らみ続ける。心にも肉体にも師奈は縄張りを広げる。そこに洋介は、すでに飲み込まれていった。

新しい現実に恐れも不都合もなかった。借りてきた靴なのに長年履いていたような愛着が湧いたみたいだ。

しかし、そこには落とし穴があった。他を寄せ付けない洋介の世界に違和感なく、師奈の判断しない世界が忍び込んだのだ。

しかし、師奈は現実をドンドン受け入れていく。その師奈というバイパスを通して、他のことが洋介の世界に忍び込んだ。

以前は排除し、対峙しなかった現実が洋介の世界に迷い込んできた。師奈の人間関係が、洋介の世界に入り込んだのだ。

英人が現れ、リン子が現れ、死神が現れた。洋介がコントロールし、制御し、排除していた現実との密接度が増し、今は調整が効かなくなった。

だが今、洋介はそれも受け入れている。師奈を救う。そして、もうひとつの命も救うのだ。洋介のやり方で。

22

リン子は母の峰子を恐れていた。

母はリン子に期待し、それが成し遂げられる術も的確に教えた。美しくあること、損をしないこと、負けないこと、学び強くなること、戦略を駆使すること、世は甘くないこと、抜け駆けも選択肢のひとつであること、結果主義であること、不屈の精神を持つこと……。

峰子は自分が絶対の存在で、リン子はその通りしないといけない、そうでなければ幸せになれないと頑に信じていた。同じ価値観を求め、同じ判断を求めた。リン子は峰子が近くにいるだけで重いものが心にのしかかり、峰子はリン子の近くでピリピリした。峰子が興奮し、何かをガミガミと話し出すと、リン子の頭の中は混乱し、無声映画のように逆上した峰子を感じる時があった。

そんなトゲトゲした中にリン子は母親の優しさを探したが、峰子はそれ自体が優しさだと思っている。

母が思うような人生を歩けなかったことを、リン子は知っていた。

他者から見ると満ちあふれた人生のように見えるが、母には不満だったのだ。その不満であるという認識が、次のチャンスを寄せ付けなかった。

底なし沼の如く、欲深く求める峰子を人は恐れた。陰は陰を呼ぶ。これは母、峰子の知らなかった法則。リン子は反面教師と母を捉え、ガッツカナイ自分を目指した。

向上心はいい。向上心はいいが、醜いヤル気は不幸の匂いがする。

「欲」には「公」を足すとよいと、中学時代、誰かが教えてくれた。臨採の先生だった。欲に公を足すと「志」になり、志には人がついてくると。だが実際は、欲が欲のまま母の峰子を突き動かしてきた。

結果らしい結果を次々と出さないリン子を母の峰子は叱りつける。家の中でだらだらと寛(くつろ)ぐ娘の姿を許せない。

「サクサクと行動し、次々と目指し続ける」を求めた。

毒親として鋭利な言葉がリン子に浴びせられる。もう少し優しく接してはと周囲は助言するが、それらにも強く反論した。極度に目標意識が高く、極度に達成意欲も高い。リン子がそんな母に潰されそうになった時、峰子は命を絶った。

年々、母のようになる自分自身が、リン子にとっては次の脅威だった。母は自ら命を終わらせた。他人に厳しい峰子は自分にも厳しかった。耐えきれなかったのだ。

世の人にとっては、年に約3万件もある事件のひとつだったが、リン子にとっては耐えきれない事件だった。

自分が、彼女を知らない間に追い込んだのでは、という強迫観念がリン子を苦しめた。

しかし、それは違った。

母の遺書がここにある。そこにはリン子への期待と、注意書きが書かれていた。そして、母の野望が長々と書かれていた。追い込んだのは峰子で、追い込まれたのはリン子だった。

母がいなくなったらさぞかし自由になるだろうと何度も空想したが、いなくなって峰子がリン子の背に乗った。そんな気がした。

二人は一致したのだ。母の念は強く、母の念は永遠だった。

そしてリン子は「モデルとして有名になる」と決めた。以前より、はっきりと心に決めた。母からもらった美貌を駆使し、世に出ると決めた。

この人と関係を持つと出世できると知ると、手段は選ばなかった。醜い方法も好んで使った。人生が好転する機会以外に興味が持てず、天真爛漫と生きる師奈が馬鹿に見えた。

使えるものは使い、駆け引きが快感になり、損得が心を揺さぶった。母は肩口から常に入れ知恵をし、ボクサーのセコンドのようにリン子を鼓舞した。

ネット上で沢山のファンを持つ師奈を、ブランディングの道具として使った。師奈経由でモデルの仕事も数多く手に入れる。

リン子が喜ぶと、師奈は幸せな気持ちになった。何かできないか？　と常に思ってくれる師奈の思いやりを、リン子は手放しに受け入れた。

そして、洋介。友達の紹介で出会うが、一瞬で好きになった。

肩口の母、峰子は、

「こんな世捨て人、ダメだ。ダメだ」

と助言し、リン子はそれに従った。今となっては、自分を責めるばかり。そして師奈を責めた。

「なんで私、洋介さんに師奈を紹介したのか？　なんで師奈は私から洋介さんを奪っていったのか？」と。

第7章　神の門

23

絵の具のチューブをググッとひねると、鮮やかな色の半固体がパレットに現れる。その色という刺激が、脳のどの部分に刺激を与えているのかを感じるのが、洋介は好きだ。

これは洋介の個人的な遊戯だった。パレットに色を並べ、華やぐ脳の刺激をハーモニーに変えていくと儀式は始まる。筆を選ぶ。背景に色を入れるのだ。背景には文字が下絵の段階ですでに描き込まれている。

「臨」「兵」「闘」「者」「皆」「陣」「列」「在」「前」……と。

「悪魔と戦う兵は全員前に並べ」という意味の九字の破邪の咒上を、朱色で塗り固める。赤間先生から頂いた香を取り出した。それを絵を描いている場を守るように円にし、周りに撒いた。

手に乗せた香がなくなると、匂いを一度嗅ぐ。なんとも言えぬ匂いは脳を真っすぐ刺激する。この円は、描く洋介を邪魔者から救うだろう。

そのとき洋介はひとつのことを思いついた。そして、香を朱の色に混ぜ始めた。薄っすらと色が変わらないように混ぜた。

朱を文字の上に塗る。色と文字が触れる時に、なにか特別な反応が起きているように感じた。

今は時間がない。先を急ぐ。心の緊張感には波がある。弱まると、洋介は例の医師の手術の時のようなポーズを取った。

二つの手の平を上に向け、胸元の前に寄せる。指を順番に波打たせるとエネルギーが溢れた。

このポーズは洋介のミラクルを引き出すポーズ、気を溢れさせるポーズなのだ。

集中が切れたまま、絵を描くことはない。常に仕切り直し、新鮮な気持ちを守った。背景が朱色に焼けた。少し離れて、目を細めた。美しい夕陽のようだ。

十字架に色を入れ始めた時だ。アトリエの中が嵐のように荒れていることに気づいた。それほどまでに洋介は絵に入り込んでいた。しかし、香で守られた安全地帯にいる洋介には害はなかった。嵐を家の中から眺めているように感じた。

死神が暴れている。

しかし、無声映画のようにしか見えない。視線を絵に戻した。儀式は止められない。

死神はのたうち回ったあげく、怒りが絶頂に来ているのだろう。円の際まで来て洋介を睨みつけている。洋介は香をひとつまみ摘まむと、サッと死神めがけて投げた。目に命中し、目が潰れた。

不意を突かれ、目を失った死神は、例の匂いを残して部屋を去った。嵐のように荒れていたアトリエが、いつもの場所に戻った。

これも音のない、無声映画のようだった。

この赤間にもらった香の威力は計り知れない。あの死神の目が潰れた。十字架の太陽の光が反射し、白く光っている。その影にも文字を忍ばせた。

香を混ぜ、この絵自体が咒となった。

そして、門を描く。光の世界へ続く門だ。聖なる存在だけが通り抜けることができる違う世界への入り口だ。

香を混ぜ、門に重ねるとジュッと音がして、一瞬時空が揺れた。絵の中で何かが始まっている。

「神の門」と名付けたその門が出来上がると、あとは補正的に付け加える程度となった。集中したら計算よりも筆は速く動き、早く作品は仕上がる。

ふ〜。洋介は長く息を吐き出して、目を瞑った。出来上がった。

絵を描くことは終わった。頭の芯が痺れている。背中が悲鳴を上げている。目を開くと、そこには神々しく仕上がった一枚の絵。

武器は揃った。半眼にすると絵の中が動き始める。ヌメッと光り、濡れている何かが動き始める。深層意識のさらに深いところにある力の源に、意識が一瞬にして繋がり、溢れ出す。そんな装置が完成した。

朝焼けか、夕焼けか？　見る者が決めればよいと思った。

太陽が白く光らせた門が聳り立っている。

死神もこれには勝てまいと、洋介はここではっきりと確信を得た。

病室に運ぼう。大きめのタクシーで、素早く師奈の側にこれを置こう。そう思い立つと荒れているアトリエを横目に、いても立ってもいられなくなった。

病院に向かうタクシーから英人に電話をした。出ないのでショートメッセージを送った。するとすぐに、病院に向かうとメッセージが届いた。

朝早い時間、すでにスーツ姿の男達、仕事カバンを小脇に抱えた女子達に、東京の街は彼らに起こされ、イキイキとしなければいけなかった。

駅に吸い込まれる人たち、駅から吐き出される人たちとが、目の前の横断歩道を往来している。

切ない気持ちが洋介の胸を襲った。意味もなく胸元を刺す灰色のナイフを、心の光で溶かした。

皆の心の中にある喜びを生み出す箇所が荒んでいる。随分、訪れなかった場末の店のように、すっかり忘れ去られている。

目の前の現象に反応するだけの数年を生きてしまった人もいるだろう。若き時代になまじ夢を持ったため、袋だたきにあった人もいるだろう。誰かの後をついていくだけで甘い汁を吸った者も、路頭に迷った者もいる。

しかし、本当はどう生きたかったのだろうか？　どう在りたかったのだろうか？　締め付けられる心は、質問を絞り出し続けた。

絵を描き上げた安堵感が、洋介を睡りの淵まで連れてくる。寝落ちしそうな居心地の悪さと、居心地のよさの鬩ぎ合い。無意識が、顕在意識の領域に霧をかけながら侵食している。

電話が鳴った。赤間先生だ。

「英人君から今聞いたけど、描けたの？」

嗄れた声が、微妙に機械音と馴染んでいる。

「あの香に助けられました」

と、答えると、

「あれはかなりのものでしょ？」

と、自慢げに赤間は答えた。

霊媒師の話によると、台湾の偉いお坊さんに頂いたものらしい。いかに死神がその香を嫌がり、描くことを守り抜き、画材の一部として使ったかを伝えた。

「絵の具にね～」

と赤間は、電話の向こうで感心した声を出した。

24

睡りの淵から覚醒のエリアまで、赤間は洋介を連れ出した。絵は布袋に包まれ、大切に運ばれている。病院まではあと数分だ。

英人から連絡を受けた母の良子も、病室で洋介を待っていた。いくら待っても待ちきれないという表情だ。入り口と師奈のガラス越しの顔を見比べながら、落ち着かなかった。大きな絵を抱えた洋介が現れたタイミングと、息子の英人の現れたタイミングはほぼ同時だった。言葉を交わすことなく、英人と洋介は布の袋を解き、廊下で絵を露わにした。英人は眺めて、小さく頷いた。そして、目を細めて眺め、もう一度、頷いた。絵が病室に運び込まれる。師奈の枕元に立てかけられ、洋介は手を合わせた。それに続き英人、良子も手を合わせた。

甲高い音が聴こえ、絵の中の「神の門」が少し明るくなったように見える。師奈のゆっくりした呼吸がかぶさって、トロリと空間がやわらいだ。

次に師奈の足元に鏡が設置される。師奈の方から足元の鏡を見ると、頭の後ろの絵が見える具合になっている。

洋介は例の香を師奈の周りに撒いた。そんなことをしていると、間もなく、部屋の蛍光灯が、パチパチと不気味な音を立て、ついたり消えたりし始めた。

始まるのだ。死神との戦いが。

英人は急いで母の手を取って、廊下に出た。

鏡の中で黒いものが動いた。片目を奪われ、熱り立っている死神が、黒い煙と一緒に出てきた。

キーンと金属音のような音が部屋に響く。

一度、慌ててやってきた看護師も病室の中の様子の異様さに驚き、血相を変え、帰っていった。

「馬鹿め」

と、死神が低い声で洋介に言った。鼓膜が破れそうなほど耳元でその声は響く。

表情を変えることなく洋介は、

「絵は描いた」

と、死神に言い、霊媒師にもらった水晶を口に含んだ。

「これは要求したモノではない。馬鹿者め。この女の命も、お前の命も頂いていこう」

と、言った瞬間に死神は黒い煙と化し、洋介の身を黒々と包んだ。不意を突かれ、ウッと声を上げたまま洋介は動けなくなった。

煙の中は地獄だった。

死神は臭い息と共に、汚れた言葉を洋介の心の弱い部分めがけ浴びせた。心の闇をグイグイと突いてくる死神の陰険さに、怒りが込み上げる。込み上げた憎悪を死神は吸い込み、力に変えた。さらに増幅した力で、死神は洋介を責める。洋介が苦しみ、穢れ、のたうち回るのを楽しんでいる。

粘り気のある根のようなものが洋介の全身に張り巡らされている。その根のようなものはジワリ、ジワリと洋介の肌を破り、中へ食い込む。洋介の養分を吸う。苦悩も怒りも不安もすべて、負のエネルギーを死神は好物とする。

時折、神経に触れ、全身を震わせてはまた搾り取る。洋介の体が紫色に変わり出した。終わりが近い。

死神の顔がほころぶ。腐りかけた目が蘇生されようとしている。こめかみが淡く光り始めた。グイグイと締め上げる力が増した。

苦しさのあまり漏れる悲鳴も、死神は力に変えてしまう。死神の遊戯は魂の拷問だ。洋介が白目になった。もう耐えられないというところまで来ると、死神は攻撃を緩め、洋介を回復させた。

少し回復すると、また始める。外で見守る英人には何もできなかった。

病室のドアはピシャリと締まり、微動だにしない。死神の仕業だ。いたぶられている洋介を英人はただただ見ているだけだった。

その時、師奈から贈られた洋介の首元の黒いチェーンが、ピシリと音を立て、切れた。

英人は、ふっと思い出したかのように凝視するのを止め、目を半眼にし、呼吸を整えた。横にいる母にも伝播し、二人の時間は、ゆっくり進み始めた。

中で起きているそれらのことが持つ現実感を少し軽減すると、変化が起き始めた。

苦しさの中にいる洋介もそれらの呼吸に同調した。薄らぐ意識の中、側に師奈がいることが感じられた。するとその瞬間、師奈の声が聴こえ始めた。

「そろそろ始まるわ」

と、師奈が言った。

死神がビクリと身構えたような気がした。絵が光を放ち出している。黒い煙を纏う死神の姿が光で露わになった。

キーンという金属音が激しくなった。病室の窓がビリビリと音を立てる。金属音の向こうに雅楽のような音が混じる。

洋介の顔が穏やかな表情に変わった。口をすぼめ、ゆっくり息を吐き出している。死神は少し鏡の方に後退し、次に師奈に覆い被さろうとする。

しかし、師奈には近づけない。香のせいだ。師奈と師奈の回りが白く光っている。苛立つ死神が何かを吐き出した。緑の液体が四方八方に飛ぶ。

洋介はフラフラはしているが、肌に少し赤みが差した。半眼のまま香を取り出し、手に馴染ませた。摘まんだ香を撒きながら死神に近づく。

背後の絵が音を立て始めた。絵に忍ばせた九字の咒が各々の音を立てている。それらの音が重なり、練られ、うねり出した。

洋介が師奈の隣までできた時、師奈がゆっくりプフゥ～と、長く息を吐いた。病室が一段と明るくなったように感じる。

絵の中の「神の門」が開いた。そこから溢れて出た光が、すでに部屋の半分を照らしている。洋介が摘まんではサッと投げる香に触れた黒い煙は、瞬時に姿を消す。

洋介は焦ることなくジリジリと死神に近づいた。師奈の声が聞こえる。

「受け入れて、手放す。受け入れて、手放す」

美しく皆の心に響く声だった。鏡の前まで追い詰められた死神は苦し紛れに「ぐう」と言葉にならない何かを言って、また一歩、後退した。

後退した足は、すでに鏡の中に踏み込んでいた。ググッと洋介が前に迫ると死神は後退し、腰まで鏡に入ってしまった。

「神の門」がすべて開いたのはその瞬間だった。

外にいる英人と良子は、眩しくて目を開いていられなかった。

洋介の口元から水晶が鏡に向かって吐き出された。

その瞬間、病室は元通りの静けさを取り戻し、何事もなかったかのように静まり返った。

洋介は鏡に納まった死神を逃がさぬように枠を香で縁取り、死神の際まで塗り込んではみ出た。例の九字の咒を数ヶ所に書き込み、中で死神が力を失うことを、念として埋め込んだ。

25

洋介は鏡の前にへナへナと座り込んだ。それと同時に師奈が目を覚ました。英人と良子がドアを開ける。数ヶ所にまだ緑の液体が飛び散っている。それ以外は、なんら変わらない病室の風景となっている。

師奈はベッドに腰掛け、まだトロリ、トロリとした睡りと現実の間にいるようだ。

「大丈夫か？」

と、落ち着いた声で英人が声をかける。

「すべて今の一連の出来事を、私も見ていました」

と、師奈は答えた。

「洋介さんは？」

と、師奈が聞いた時、洋介は疲労困憊で眠ってしまっていた。それも当然だ。死闘を彼は勝ち抜いたのだ。数名の看護師と医師が部屋に入ってきた。

「目を覚ましたのですか？」

と、間抜けな顔で医師は聞いた。


次の朝になると洋介も元気を取り戻した。師奈も食事ができるほど、一気に回復している。一睡もしてなかった英人と良子は、ソファですやすや眠りに落ちた。

洋介はまだスッキリはしない顔で師奈に話しかけようとしているが、言葉が見つからない。師奈が薄笑みで、

「何も言わなくていいんです」

と言った。病室に置かれた鏡には黒い布がかけられ、絵は少し高いところに置かれた。

「あれが『神の門』なんですね」

と、師奈が言うと、少し照れて洋介が、

「そうだ」

と言った。

「あの向こうは光の国だ」

と、洋介が言うと、師奈は、

「そこに行っていました」

と言った。洋介が香を撒き、死神に迫った時、「神の門」が開き、師奈はそこに吸い込まれていったというのだ。

眠っていた時の夢かも知れないが、すべてを受け入れ、そして、それらに対する判断を手放し、自分を解放することで光と一体化した、そう師奈は言った。

そんな夢を見たと言った。

洋介は「神の門」を見る。絵の具で描かれた一枚の絵だが、何かスイッチが入るとこの絵は一転し、時空を抜ける扉的存在となる。それを描き上げた自負が、洋介を満足させた。

「ありがとうございました」

と、師奈が言う。洋介は頷いた。部屋には香の匂いが微かに漂っている。赤間先生から頂いた香が、今回のすべてのキーとなったのだ。

あとはあの鏡をどう処理するかだ。朝から医師が何度も訪れ、急な好転に首を傾げている。その都度、二人の会話は途絶え、彼らが去るのを待つ。

いなくなるとまた初めから会話は始まって、師奈が「ありがとうございました」と洋介に言い、洋介は頷く。その単純なことが、二人にはあまりにも幸せだった。


その時だ。リン子が病室にやって来た。洋介はビクリと体を固くしたが、師奈は何もなかったように、

「心配をかけてごめんね」

と、リン子に言った。リン子はその場で泣き崩れたが、師奈は、

「いいの。いいのよ」

と、リン子をかばった。

リン子から邪気が消えている。洋介は大きい台風の過ぎ去った後の爽快な晴れ間を見る

ようで、嬉しさをやっと感じることができたような気がした。

リン子の無意識の嫉妬心が、今回、この一連の流れを創った。言語化されない感情に根を張り、不意に力を得、死神を巻き込み、大きく育った負の感情が、これほどまで大きな展開を生むとはリン子も想像してなかったことだろう。

リン子は死神に利用されただけかも知れない。

自分の無意識の嫉妬が、師奈を苦しめていると知った時のリン子の苦しみも、死神の大好物だった。

さらに死神に力を与え、死神の力を巨大化した。苦しめば苦しむほど、力を与えることとなった。

26

随分と時間が経ったように感じるが、まだ数日しかあの死闘から経過してない。

「神の門」を、赤間が参加する数人展に展示しようという話になり、洋介は久しぶりに緊張した。

絵を人に見せるのは高校時代以来だ。人の評価のために描くことを嫌い、ネットコンサルで稼ぎ、そのお金で生活し、絵は個人的な儀式としてしか描かないと、やってきた洋介にとって、ある意味の事件だった。

そのことにも師奈は、

「受け入れて、手放す」

と言って笑った。「神の門」以外の数点も同時展開するということで、新たに3点ほど描き足すことになり、洋介は忙しくしている。

師奈が退院するまでの数日間、病院とアトリエの往復が日課となった。

あの事件のすぐ後、大部屋に移動した師奈は見る見るうちに力を取り戻し、いつもの師奈になった。病室に行くとベッドに座り、胡座(あぐら)をかき、半眼で瞑想している師奈をよく見かける。

師奈の出している雰囲気が病室を穏やかにさせ、他の患者も蘇生されているのでは、と感じさせた。

死神を封じ込めた例の鏡を赤間先生が欲しがった。

何度も観にきては感心し、学校のアトリエ奥の倉庫に預かりたいと願い出たが、断わった。先生の性格上、必ず何かを加えた後には、死神を鏡の外に出してしまうだろうと、英人も洋介も思った。

結局、鏡は今回も相談にのってくれた霊媒師、例の老婦に預けることとなった。死神ではあるが、勇み荒ぶる心を鎮める祝詞（のりと）を日々上げ、祀（まつ）っていただくことになった。

一度だけあの後、見舞いに来たリン子も力を取り戻し、元気になったと聞いた。

大部屋に見舞いに来た時のリン子は、モデルらしく颯爽とし、同じ病室の皆が驚いたということだ。すべてが元通りの毎日に戻ったようだ。

少しだけ違うのは、展覧会のために忙しくなった洋介が、いつもよりも少し明るくなっていることだ。そのことを師奈は喜んだ。

また、絵のことを洋介と語る英人の姿に、師奈は素直に喜んだ。英人が絵の上手いことは知っていたが、絵について語っている姿を見るのは初めてだった。

いつも気難しい英人だが、洋介と絵の話をする時の英人は子供のようだった。

「『神の門』以外の作品はどんなのを出すんだ?」

と、英人が聞くと、

「『天女の舞』と現代版の『風神雷神』、あと一点を迷っているんです」

と、洋介が言った。

一本の線を引く。

筆の掠れを微妙に調整するが、意図が見え隠れしないように調整する。

ピカソの線もマチスの線もバスキアの線も、調整の癖がその人の証になる。

誰になるわけではなく、自分自身がその線に宿る。

手放す。執着を手放す。偶然が意図するのを待つ。脳の奥が知っている世界を覗いてみたい。

洋介がまた一本、線を足した。誰かに観せることを意識すると、絵が死んでしまう。怖がらずに、自分の心をそこに露わにする。「神の門」の噂は想像以上に伝播している。

死神との戦いが噂になっているわけではない。関係者は一切、外へ情報を漏らさなかった。洋介が出展することがある意味、事件として捉えられている。メインの作品は「神の門」といい、神咒的存在の作品であり、見る者を浄化させる力をも兼ね備えているのでは、と一部のマニアファンの心を高ぶらせているという噂だ。

見る目を持った者達は、洋介の作品を見たがった。

「天女の舞」は師奈をモデルとして、赤く焼けた夕陽をバックに天女が穏やかに浮遊し、舞う姿を描いた。

「風神雷神」は勇ましい男二人が、凄い形相で荒れ狂う姿を描いた。もう一枚出展するために、洋介は今、線を重ねる。やはり描くのは師奈がよいと洋介は思った。

師奈のどんな姿が好きなのか？　それを深く掘り、絵にすることにした。フェルメールの「真珠の耳飾りの少女」の和風版師奈を描く。その表情に師奈のすべてを描こうとした。

青いターバンを師奈のイメージに重ねる。おでこを少し見えるように重ねる。ラピスラズリの絵の具を使う。少し開いた唇に真摯な師奈を表現したい。眼球に、表情と思惑を感じさせる光を足す。

もっと、描き込みたいという強い衝動をどこで押さえ止めるのか。洋介の葛藤とは裏腹に、絵の中の師奈は薄笑みだ。

展示会場へ向かう師奈は、少し前まで病院にずっといたことなど、誰にも感じさせることなく復活していた。

4点の内、2点は師奈をモデルに描いたと洋介から連絡を受けた。「神の門」以外の3点は、今日初めて見ることになる。

会場には英人と洋介は先に行っている。予想以上に評判を呼んだことに、赤間先生は半分喜び、半分嫉妬している、と英人が笑っていた。遅れて母、良子も駆けつけると、先ほどメールがあった。

リン子も今日は来てくれる。しばらくぎこちなかったリン子だったが、最近は昔と同じ関係になれた。

「何時ぐらいに会場入りしますか?」

と今朝、メールがあった。

「天女の師奈は美しく舞い、ターバンを巻いた師奈は、すべてが露わになっているよ(笑)」

と洋介が、会場からメールを送ってきた。洋介の絵はアトリエで何度も観ている。しかし、洋介の絵が皆の前に飾られ、皆が観る姿は初めてだ。

心が躍った。洋介のことを誇らしく感じた。今、待っている地下鉄で向かえば、開場の少し前に到着できる。携帯電話を覗き込み、洋介に到着時間を返信した。

お腹の中で動くもうひとつの生命を感じた。師奈の興奮がその子にも伝わり、同調している。敏感に読み取り、反応することで、特別なコミュニケーションが取られている。

病院で精密検査を受けた時、この命の存在がわかったようだが、眠っていた時にすでに師奈は知っていた。心の中で自分ではない存在が、自分と同じ方向から世の中を見ていた。その違和感をたどっていくと、このお腹の子に辿り着いた。

逆算すると、洋介と初めて交わった時から生命は生まれていることになる。師奈と洋介の物語は、初めの頃から二人だけのものではなかったようだ。少し、過去を振り返り苦笑する。

その時だった。

後ろから、

「師奈！」

と、リン子の声に呼ばれた。笑顔と一緒に振り返ると、リン子が立っていた。しかし、何かが違う。硬い表情に思い詰めた何かが加わっている。

「リン子……」

と、言いかけた時、電車の到着アナウンスが重なり、声は消された。師奈は咄嗟(とっさ)に、リン子が自分を突き落とそうとしていることに気づいた。体は不意の恐怖で固まり、動きが取れない。表情は逆に不安で曇った。

師奈に気づかれたことが、リン子のスイッチボタンを押した。師奈の二の腕を両手で取り、力を込めて二歩、ホームの際に寄った。

その瞬間、師奈はフゥと息を吐き出し、力を緩めた。肩の力が抜けて、だらんとなったところをもう二歩、ホームの際に寄せられた。リン子は力が抜けたことにビックリしている。そして師奈はリン子に微笑んだ。

「いいのよ」と声には出さなかったが心で師奈は思った。

師奈は受け入れた。

電車は凄い音を立て急ブレーキがかかった。今、二歩下がれば師奈はホームから落ちる。それに運転手は気づいた。ブレーキ音が遠くに聴こえる。

師奈はもう一度、微笑んだ。その瞬間、リン子の表情が崩れ、二の腕からリン子の手が離れた。

間一髪で師奈は助かり、周りにいた人達にリン子は取り押さえられた。リン子は泣いている。

「師奈、ごめんね。師奈、ごめんね」

と、叫びながら、鉄道警察に連行されていった。

27

そこからのことは覚えていない。師奈は長い時間、拘束され、質問され、悪いことをしたのは自分ではないかと錯覚しそうだった。

リン子の異変に気づき、体が強張り、二の腕を摑まれる。ホームの縁に追いやられたが、リン子が泣き崩れ、すべては終わったとそのままを伝えたが、係員は違和感の狭間でレポート作りに困っている。

受け入れ、感情を感じたら、手放す。光の業は今回も師奈を助けた。

洋介が展覧会会場から駅まで飛んできた。鉄道警察にお願いし、師奈は洋介に連絡を入れた。なんで、リン子が？　また、リン子が？　と責める気持ちで、この事件をがっかりした表情で眺めている洋介は、本当の理由を知りかけていた。

リン子の無意識の嫉妬が今回の一連の騒ぎを起こした。言語化できない深い意識の仕業がこれだ。その言語化されなかった感情が最後に浮上し、死神と無関係にリン子を行動に移させてしまったのだ。

哀れな彼女の選択に洋介は落胆した。師奈の命、もうひとつの命、両方が助かり、安堵と受難への怒りが混在する。

取り調べは終わった。少し疲れた表情の師奈にどうしたいかを洋介は尋ねた。展覧会へ少しだけ顔を出してから、美味しいモノを食べたいと師奈が言ったので、苦笑した。

電車には乗らず、タクシーを選択した。展覧会会場は予想以上に人で賑わい、絵への高い評価を、何名からも頂いた。そのことを伝えると師奈の顔が明るくなり、

「当たり前よ」

と、小さく言った。

そのとき洋介はお守りのことを思い出した。展覧会に来てくれた例の老婦がくれたお守りだ。

「少し渡すのが遅くなったけど」

と、師奈の手に押し当てた。どこにでもあるような薄ピンクのお守りだったが、あの香の匂いが少しだけタクシーに広がる。中に水晶がコロリと入っている。これを身に付けて光の業を続けなさい、と老婦は師奈に伝言していた。

英人から電話が鳴った。

師奈の無事と、もうすぐ会場に到着することを伝えた。

気がつくと洋介と英人は、昔からの親友のようになっていた。展覧会会場から帰る人達の流れに逆行し、会場へ入る。師奈が転ばないように、洋介は彼女の腰に手を添えた。まだ、中はたいそうな人数だ。師奈が英人を発見した。

軽く小さく手を挙げて、近づいていくと、目の前に「神の門」が突然、現れた。師奈は一瞬立ち止まり、息を吸い、少し早足で絵に近づいた。

師奈ともうひとつの命、そして洋介の命を救った絵だ。

神々しく太陽が門を光らせ、ある意味、異様なオーラを会場で放っていた。時が止まったように師奈はその絵を見た。

近づいてきた英人も声をかけられない。師奈は少しだけ首を右に傾げて、右目の目尻から涙を頬に流した。絵を見たまま、

「洋介さん、ありがとう」

と言った。

「あぁ」

と、師奈の左脇から洋介が応える。左目からの涙が鼻のところから折れ、口元へ流れ込

む。絵から目を離さないまま、

「泪って塩っぱい」

と、小さく師奈が言った。

あとがき

初めは恋愛の物語を書こうとパソコンに向かいましたが、気がつくと死神が現れ、死闘の物語へと展開していきました。

絵描きの洋介、アシスタント兼モデルの師奈。

二人が知らぬ間に物語の中で動き始め、僕は彼らの棲む空間で佇(たたず)み、覗き見をしてしまいました。愛らしい師奈の肌やおでこに僕も恋をし、洋介の描く作品や才能に心酔していきました。


師奈に嫉妬するリン子は苦しみの淵から自分を救おうと、知らず識らず恐ろしい存在になっていきます。

深い闇に生きる母親の呪縛から、いつかリン子は、解き放たれることがあるのでしょうか？

師奈を産んだ良子とリン子の母、峰子の関係。誰もの心の奥深くに存在する言語化されない感情は、人の感情や思考に影響を与え、その人の人生を創っていきます。どう思ったとか、どう感じたではなく、その思考や感情を支える感情や思考が人を動かしています。

それは神か？　それとも悪魔か？

それは龍か？　それとも蛇か？

認識できない意識との会話が物語になっていきます。

多感な時期に、あまりにも大きなものを背負った英人の苦悩。

傍で眺めながらも、違う意味の苦悩を感じる赤間の存在。

ドンドンと入り込んでいく物語の背中を追いかけながら、僕自身の心の中で深層意識との対話が進み始めました。

排他的に社会を冷視する洋介の傍で、温かく無邪気に振る舞う師奈。

死神に命を握られ、沈みゆく師奈を助けようと奔走する洋介。

決して登場する誰もが完璧ではなく、強さと弱さが共存しています。

人間は愚かで、だからこそ可愛い存在だと言いますが、一人ひとりが「生(なま)の人間」

で、体温が伝わってくるような気持ちになりました。

深夜にパソコンに向かいながら、死神の醜さ、存在の気持ち悪さを書き進めました。恐怖を感じるような曲を、ヘッドフォンを使って大きめの音で聴きながら、その恐怖に立ち向かいました。

人の心には光と闇が存在します。

僕の心の中にある闇を呼び出し、嫌悪と憎悪を増幅させ、自分も体験したことのない心の泥濘に足を取られながら書いてみました。「書く」というよりは、自分の心に浮かぶ像を「描く」作業だったような気がします。

ありきたりの日常のすぐ近くに、非日常への通路がぽっかりと口を開けています。非日常に飲み込まれると、物語は凄いスピードで展開し、見たことのない現実を次々と体験させてくれたのです。

気がつくと非日常の中に日常が生まれ、纏わりついては次の展開へと背を押します。本来の日常に戻ると、いままで感じていたものが非現実的で、非日常だったことに気づきます。

夢のようで夢でなく、現実のようで現実ではない物語からの目覚めは、いかがだったでしょうか？

無意識の嫉妬、無意識の夢、無意識の希望、無意識の落胆、無意識との会話がここから始まります。

山﨑拓巳

解説

櫻井秀勲

山﨑拓巳さんと初めてお目にかかったのは、きずな出版のスタート前だったから、二年ほど前になろうか。それまで私は山﨑さんのビジネス書をほとんど読んでいなかったし、絵を描くことすらも知らなかった。

お目にかかることが決まって、あわてて数冊読んだ記憶がある。このとき私は、この人の文章に独特の感性が込められていることに気がついた。

現在、ビジネス書の多くは、ゴーストライターによって書かれている。それはけっして悪いことではない。なまじ悪文の著者によって、論点の中心がわからない原稿を読まされるより、はるかに論点が整理されて、読みやすいからだ。

しかし中には、自分自身の文章で書く方もいる。実はそれが一番望ましいのだが、忙しいビジネスの真っ最中に書くのは、結構むずかしいし、出版があまり延びては時期を逸することもある。

だがいまの時代は、いくつかの才能を同時にもつ異才が多くいる。われらが主人公、山﨑拓巳さんもその一人だった。私は彼の文章に魅せられたのだ。もしかすると、この人はすばらしい小説が書けるのではないかと、直観した。

小説家には二種類のタイプがいる。筋立てから入る人と、文章から入るタイプがそれである。この山﨑拓巳という人物は、文章から小説を書けるタイプだと、私は判断したのだった。このタイプはとても珍しい。ほとんどの人は、ストーリーの面白さを追求するからだ。いい換えれば文章は二の次となり、だから多くの小説家志望者の文章は、素人に毛の生えた程度のものになりがちだ。

しかも現在はパソコンを使って小説を書く時代であり、そうなるとボキャブラリーひとつ取っても、誰の作品も、文章や出てくる語句が似てしまうことになる。またそれが許されてしまう時代なのだ。そう考えると山﨑拓巳さんの文体は、むしろ純文学の表現といっていいかもしれない。

私は現役の編集者だった頃、川端康成、松本清張、三島由紀夫、遠藤周作、幸田文といった文章の達人の担当者だった。付き合ってきた有名作家の数は、五十人以上かもしれない。これらの先生方の文章はそれぞれすぐれた個性があるだけに、署名がなくてもすぐ誰の作品か、わかるだろう。

実は拓巳さんの文体も特異なもので、ほかの人が真似しようとしても、それはできない。署名がなくても彼の文章であることが、読みとれるのではあるまいか。そこに私は惚れ込んで、この特異な才能をぜひとも伸ばしてみたいと思い、以後二年間にわたって彼と格闘してきたのだった。

その結実がこの『神の門』である。私が感動したのは、二年間という長い年月を、この一作の完成に打ち込んだ彼の熱意だった。

彼のビジネス上の忙しさは尋常ではない。私も長年週刊誌の編集長をつとめてきただけに、多少の忙しさには驚かないが、拓巳さんのスケジュールを聞くと、時間だけでなく距離と幅が広いのだ。

時間を最大限に活用して世界を駆け回り、その一方でエッセイスト、画家、ビジネス経営者という広がりを持っている。

当初はこのスケジュールの中で、長篇小説が本気で書けるのかと心配したが、彼はミヒャエル・エンデの『モモ』ではないが、余裕をもって時間を使う術を知っていたのだ。

この『神の門』は、彼自身の投影ではないかと思われる天才画家を主人公としている。それだけに、絵を描くとはどういうことか、が見事に示されている。

またさすがに若い女性たちとも仕事をしているだけに、街の点描とファッションの表情も生き生きとしていて、私を唸らせた。これまで長篇小説を書いたことがないとは思えないほど、構成力も確かだ。

またスピリチュアルな知識も豊富であり、むしろこの作品は映画にしたら、さぞかし面白いだろうと思われる部分や個所が、随所にある。

また「女の嫉妬の連鎖」というテーマの取り上げ方も、昨今、毒親によって育てられる娘が多いだけに、他人事とは思えない身近さになっている。

長篇にかぎらず小説というものは、読者がどうしても読まなければならない、というものではない。

ビジネス書や実用書であれば、実用と実利性で読者は買う気を起こすものだが、小説にはそういうものは、基本的に含まれていない。

強いていうならば実益性といって、人生を渡る上での多少の教訓性があるに過ぎない。むしろそういうものより、やはり面白さが小説の醍醐味ではあるまいか。この場合の面白さとは、読み手の興奮、感動を呼び起こすものと、いえるかもしれない。

この『神の門』は、著者の長篇小説第一作目とは思えないほど、最初から動きがあって、読み手の感情を揺り動かしている。私はもしかすると山﨑拓巳さんは、これまで長篇を書いたことがあるのではないか、という疑念をもったほどだが、短篇を少々書いたことしかないという。

聞いてみると『あした見た夢』と題する21のショートストーリーしか書いたことがないそうだが、それがプラスになったのかもしれない。

というのは、小説は最初の十行が勝負であり、そこで読者の興味を引けなければ落第なのだ。ショートストーリーは枚数が短いがゆえに、最初から主人公を動かさなくてはならない。それがこの小説に生きている、といっていいだろう。

私はこの作者に「最初の十行が勝負だ」といったことがないのに、みごとにその行数で、田宮洋介と高山師奈という二人の主人公を浮き彫りにしている。私は当初、この出だしの文章を読んだだけで「この作者は書ける！」と、自信を抱いたほどである。

小説というものは、作家が一人で書き上げることもあるが、編集者と共同作業で創り上げるタイプもいる。後者の代表が松本清張先生だった。私はいつも書き出す前に先生から、小説のプロットを聞かされていた。そこでよりよい内容を練り上げるのだが、今回はこの手法を山﨑拓巳さんに応用した。

この時私は何度も驚嘆したのだが、予想もしない文章、文体が出来上がっていくのだ。

ここで少し、内容に深く立ち入ってみよう。

「視界に師奈が現れると脳がお喋りを止め、心が俄かに混乱する。そしてその混乱が快楽に変容する」

「物語についていくことができなくなると師奈は目を少し開け、光を少し取り入れる。海岸のピエロが踊り出す行になると、洋介の指は濡れた温かい海を泳ぎながら、師奈の肉の襞で踊り出した」

「酒を心臓に染み込ますほど飲んだ。飲んで記憶ごと失くそうとした」

「やっと手元に届いた肉うどんは、汁がぬるい。麺はぎこちなく、ネギは乾燥して、浮いている。『最悪だな』と思ったが、胃は違うご意見のようで、息をすることとなく次々と飲み込んだ」

この小説の中からいくつかの場面を抜き出してみたが、これらの文章は通俗小説では見られない。一般の小説では主人公なり、主体から見る世界を映し出すものなのだ。最後の場面でいうならば「息をすることなく次々と飲み込む」のは洋介であって、胃ではない。これを「洋介」ではなく「胃」にする手法は、純文学にしかない。

すなわち山﨑拓巳は、自分では知らぬ間に純文学的文章の書き手だったのだ。あるいは絵画を描く手法を、文章に応用したのだろうか？

以前私は中間冊夫という高名な油絵画家から、絵の描き方の秘密を教えられたことがある。

「人を描こうとするときは、人物を描くのではない。周りを描くのだ。周りの空気を描いていけば、そこに生きた人物が現れるのだ」と。

人は一人で生きているのではない。周りの人や環境、空気に生かされて存在するというのだ。拓巳さんの文章を読んでいたとき、突然中間画伯の言葉を思い出したのだ。もしかすると拓巳さんは、絵描きとしても文章の書き手としても、この著名な画家と同じ方法で描いているのかもしれない、と思ったほどである。

内容の良し悪しについては、ここでいうことではない。それは読者が決めることで作者としては、

悔しがらせる！

怒らせる！

恐怖に青ざめさせる！

あわてさせる！

焦らせる！

喜びに打ち震えさせる！

などなどの感情、感動を、思いっきりこの一作に投入したことだろう。それが作者と一緒に走ってきた私には、誰よりもよくわかるのである。

最後になるが、私としてはこの一作で満足することなく、本格的な作家として、これから成長していくことを願っている。

そうなるだけの力量を秘めた新進作家の誕生だけに、次作を首を長くして待ちたい。

（文芸評論家／きずな出版社長）

［著者プロフィール］

山﨑拓巳　やまざき・たくみ

1965年三重県生まれ。ビジネスで成功し、『やる気のスイッチ！』『気くばりのツボ』など、これまで20冊余の著書を出版し、いずれもベストセラーとなっている。画家、イラストレーターとしての才能も発揮し、人の生きる営み自体をストレートにとらえる作風は高く評価され、国内はもとより、ニューヨークやパリで絵画個展を開催している。

今作『神の門』で小説デビューとなる。

きずな出版

神の門

二〇一五年一月一日　第一刷発行

著　者　山﨑拓巳
発行者　岡村季子
発行所　きずな出版
東京都新宿区白銀町一－一三　〒一六二－〇八一六
電話〇三－三二六〇－〇三九一　振替〇〇一六〇－二－六三三五五一
http://www.kizuna-pub.jp/
印刷・製本　大日本印刷
編集協力　ウーマンウエーブ

　ISBN978-4-907072-24-7

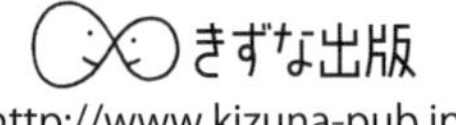
きずな出版